文庫

文庫書下ろし／長編時代小説

浜町堀異変

剣客船頭(十)

稲葉　稔

KOBUNSHA

光　文　社

この作品は光文社文庫のために書下ろされました。

『浜町堀異変』目次

不忍池
下谷広小路
黒門町
御徒町
下谷長者町
神田大明神
三味線堀
阿部川
月町
田原町
吾妻橋
竹町ノ渡し
浅草駒形堂
駒形町
諏訪町
御蔵前
黒船町
御蔵前通り
業平橋
小梅村
松倉町
北割下水
御厩河岸ノ渡し
三筋町
森田町
御米蔵
石原町
吉岡町
法恩寺橋
片町
天王町
稲荷橋
甚内橋
神田仲町
外神田
向柳原
佐久間町
大川
本所
長崎橋
佐久間河岸
神田川
浅草御門
御竹蔵
御米蔵
三笠町
南割下水
筋違橋
和泉橋
新シ橋
柳原通り
浅草橋
柳橋
内神田
両国広小路
両国橋
大横川
亀戸村
江川町
米沢町
回向院
二ツ目之橋
三ツ目之橋
入江町
馬喰町
岩本町
油堀
鍛冶町
尾上町
元町
松井橋
松井町
竪川
薬研堀
通油町
汐見橋
千鳥橋
山城橋
常盤町
林町
南辻橋
小伝馬町
栄橋
鉄砲町
一ツ目之橋
要津寺
五間堀
菊川町
今川橋
大伝馬町
久松町
六間堀
新大橋
中橋
南森下町
新乗物町
常盤橋
葺屋町
本船町
親父橋
深川元町
芝翫河岸
室町
松島町
川口橋
万年橋
海辺大工町
小名木川
高橋
海辺大工町
新高橋
江戸橋
思案橋
日本橋
木更津河岸
永久橋
日本橋川
上之橋
深川
通町
数寄屋町
南茅場町
箱崎橋
伊勢崎町
海辺橋
今川町
仙台堀
組屋敷
八丁堀
湊橋
材木町
万年町
楓川
南新堀町
永代橋
亀久橋
豊海橋
冬木町
亀島橋
霊岸島
佐賀町
黒江町
平野町
蛤町
弾正橋
中ノ橋
高橋
熊井町
中島町
永代寺
富岡八幡宮
八丁堀
稲荷橋
大島町
木場
北
木挽町
石川島
越中島
蓬莱橋
佃島
洲崎

主な登場人物

沢村伝次郎　元南町奉行所定町廻り同心。辻斬りをしていた肥前唐津藩士・津久間戒蔵に妻子を殺される。その上、探索で起きた問題の責を負って自ら同心を辞め船頭に。仇の津久間を討ち果たした。

千草　伝次郎が足しげく通っている深川元町の一膳飯屋「めし　ちぐさ」の女将。伝次郎の「通い妻」。

音松　伝次郎が同心時代に使っていた小者。いまは、深川佐賀町で女房と油屋を営んでいる。

酒井彦九郎　南町奉行所の定町廻り同心。伝次郎が同心のとき、目をかけてくれた先輩同心。

万蔵　酒井彦九郎の小者。

粂吉　酒井彦九郎の小者。

甚兵衛　酒井彦九郎の中間。

松田久蔵　南町奉行所の定町廻り同心。伝次郎が同心のときに、面倒を見てくれた先輩同心。

八兵衛　松田久蔵の小者。

嶋田元之助　北町奉行所の定町廻り同心。

丈太郎　北町奉行所の定町廻り同心から手札を預かる岡っ引き。

晋五　丈太郎の使っている下っ引き。

お咲　丈太郎の元女房。

中村直吉郎　南町奉行所の定町廻り同心。伝次郎が同心時代懇意だった。

平次　中村直吉郎が使っている小者。

剣客船頭(十)

浜町堀異変

第一章　同心の死

一

江戸の夏は終わりに近づきつつあった。

それでも昼間の暑さは、いまも部屋の中にたまっており、窓からそよぐ風もその〝熱〟を払いきれないでいる。男女の燃えるような抱擁《ほうよう》があるからだった。

蜩《ひぐらし》が鳴いている。

日除《ひよ》けの簾《すだれ》が揺れ、風鈴がちりんと小さく鳴った。

「旦那……」

ゆりがぷくりと膨《ふく》らんだ唇を小さく動かした。普段は涼しげで理知的な目が、妖しいほど色っぽくなっている。

「うむ」

酒井彦九郎《さかいひこくろう》はゆりを組み敷いたままうなずいた。そのずんぐりと太った体には、滝のような汗が流れていた。よく日に焼けたまあるい顔に浮かぶ大粒の汗が、頬をつたい顎から滴っている。

汗の落ちる先は、艶があり肌理《きめ》の細かいゆりの白い胸だった。お碗型の乳房は小さいほうだが、形がいい。乳首がかたく尖っていた。

二人はたっぷり四半刻《しはんとき》（三十分）は睦《むつ》み合っていた。ゆりはその間に二度も気をやった。寸胴《ずんどう》な彦九郎の腰に、ゆりのしなやかな脚がからまっている。

「は、早くぅ……」

ゆりの誘いに乗って彦九郎は、最後の詰めに入った。

ゆりはぎゅっと眉根《まゆね》をよせて、首を左右に振る。両手を彦九郎の首にまわして引きよせながら、小さな喘《あえ》ぎを漏《も》らした。彦九郎の胴に巻きつけられたゆりの脚が硬直する。

彦九郎がはじけると、ゆりはまた気をやって、体を小さく痙攣《けいれん》させた。

そのまま二人は荒い息をしながらじっと動かなかった。葦簀《よしず》越しの細い日の光が、いくつもの条《すじ》となってゆりの白い肌を這《は》っていた。

彦九郎は大きく息を吐いて横になった。二人の腰を青い業平菱《なりひらびし》の浴衣が、無造作におおっていた。緋《ひ》色の麻葉文《あさのはもん》の帯が足許でとぐろを巻いていた。

彦九郎はそっとゆりを見た。気持ちよさそうに目を閉じている。上気した頬が桃色に染まっていた。

三十年増ではあるが、普段は楚々《そそ》とした女だ。品もあり学もある。四十半ばをとうに越えた彦九郎は、色が黒くてずんぐり体型である。顔もいいわけではない。およそ、ゆりには似つかわしくない中年男だ。

それなのに二人は相性がよかった。彦九郎の人間性がいいからかもしれない。ゆりはそれなりに辛酸《しんさん》をなめた苦労人で、二年前に亭主をなくした未亡人だが、ひとりにしておくにはもったいないほど様子のいい女だし、多情でもあった。

その多情さに翻弄《ほんろう》され、我を見失っている彦九郎は、南町奉行所《みなみまちぶぎょうしょ》の定町廻り《じょうまちまわ》同心である。柔和《にゅうわ》な顔をした軽忽《けいこつ》な男だが、そのじつ鋭い観察眼があり、物事の処理能力に長《た》け、後進の指導にも熱心だった。

すっかり日が暮れて、行灯《あんどん》をともしたあとでゆりが彦九郎の背後にまわった。

「さ、旦那、髪を……」

彦九郎は黙って乱れた髷《まげ》に櫛《くし》を入れてもらう。ゆりは鬢《びん》付けもつけてくれる。

蜩の声はやみ、庭の隅で虫たちがすだきはじめ、心地よい夜風が部屋の中に流れ込んでいた。

「どうされます？　お食事をされるのでしたら……」

「それには及ばねえ。ほんとうは、おまえさんとずっとここにいたいさ。だが、そうはいかねえ。わかってくれるか」

彦九郎は遮《さえぎ》っていった。

「……ええ。そりゃもちろん」

ゆりの声はわずかに落胆《らくたん》していた。

「それにしても不思議なものだ」

彦九郎は暗くなった庭先を眺める。

塀の向こうに広がる空には、星たちのまたたきがある。

「なにがでしょう……」

「おれとおまえさんのことだ。よりによっておれみたいな男と……」

彦九郎は苦笑した。

「それじゃ旦那、わたしとはなんだとおっしゃるの？」

「……おまえさんの掌《て》の内になっているってことかもしれねえな」

「まあ、人聞きの悪い」

ゆりはちょっと拗《す》ねたふりをして、彦九郎の臀部《でんぶ》をつねった。

「いてて。もういいだろう」

「わたしは旦那が気に入っているんだから、仕方ないじゃない」

彦九郎の顔がだらしなくゆるむ。

「まったく嬉しいことをいいやがる」

「それで今度はいつ会えるんでしょう」

ゆりは櫛を置いて、彦九郎の隣に腰をおろした。

「今月は非番だからそう忙しくはねえが、まあ頃合いを見てからだ」

非番月といっても三廻り（定町廻り・隠密《おんみつ》廻り・臨時《りんじ》廻り）には、従来の探索仕事や前月の残務整理などがあるし、北町《きたまち》からの要請があれば助っ人にも走る。純粋な休みは二日勤めて、翌日が休みのときだけだ。

「では、またな」

ゆりに玄関まで送ってもらった彦九郎は、大小を腰に差し背を向けた。たっぷり後ろ髪を引かれているが、振り返ることはない。そのまま暗い夜道に出て、小さな吐息を夜風に流した。

甘い余韻《よいん》が残っているが、胸の片隅には小さな罪悪感も同居していた。

（おれも気の小さい男だ）

内心でつぶやき、自嘲《じちょう》の笑みを浮かべる。同じ奉行所の同心や与力《よりき》の中には、堂々と愛妾《あいしょう》を持って隠さない強者《つわもの》もいる。

以前はそんな連中をやっかんだり、蔑《さげす》んだりしていたが、いまはその者たちの気持ちをいくらか汲《く》み取れるようになっていた。

村松町《むらまつちょう》にあるゆりの家を出た彦九郎は、浜町堀《はまちょうぼり》に架かる栄橋《さかえばし》をわたり、高砂《たかさご》町《ちょう》、堺町《さかいちょう》と抜けて自宅屋敷の八丁堀《はっちょうぼり》を目ざすのが常だった。

ゆりの家を訪ねる際は、小者《こもの》も中間《ちゅうげん》もつけないひとり歩きだ。もちろん、妻にも内緒である。その妻も、まさか夫に情婦《いろ》がいるなどと夢にも思っていないはずだ。

それは高砂町から大門《おおもん》通りに出たすぐのことだった。

一方から歩いてきたひとりの男が、いきなり抜刀するなり斬りかかってきたのだ。

二

「うわッ」

予期もしない突然のことに、彦九郎は小さな驚きの声を漏らすや、手にしていた提灯《ちょうちん》を落とし、尻餅をついた。

相手は間髪《かんはつ》を容《い》れず大上段から撃ち込んでくる。

刀を抜く暇がないので、彦九郎は横に転がって逃げた。商家の板壁に背中を張りつけ、ようやく刀の柄《つか》に手をやった。

だが、相手はそこへ突きを送り込んでくる。いまだ尻餅をついている恰好《かっこう》の彦九郎は、刀を抜き切れていなかった。どうにか半身を捻《ひね》って、突きをかわす。

相手の刀が板壁に突き刺さる。彦九郎は前に這うように逃げ、そこでようやく片膝立ちになって刀を抜くことができた。

相手も板壁に突き刺さった刀を抜いて、仁王立ちになり彦九郎をにらんでいた。

「おれのことを知っての仕業《しわざ》か……」

片膝立ちになっていた彦九郎は、ずんぐりした体をゆっくり持ちあげるように立った。

周囲に野次馬が集まりはじめていた。居酒屋や飯屋の前にも、料理屋の二階にも人の顔があった。みんな突然の斬り合いに、戦々恐々としながらも見物している。

彦九郎を襲ってきた男は、頭巾で顔を隠していた。鋭い目だけしか見えない。全身に殺気を横溢《おういつ》させている。

(こやつ、本気でおれを殺す気だ)

彦九郎は喉仏《のどぼとけ》を動かしてつばを呑み込んだ。

「てめえ、誰だ？」

問いかけるが、相手は答えない。代わりに間合いを詰めてくる。

(できる……)

彦九郎は相手の足運びを見て思った。その間に、互いの距離は二間《けん》に詰まった。

彦九郎は下がらずに前に出るが、隙を見出せない。

久しぶりに恐怖を感じている。だが、臆せば負ける。脂汗《あぶらあせ》が額に浮かんだ。脇の下には冷たい汗。心の臓は尋常でない動きをしている。

「どりゃー！」

気合い一閃《いっせん》、前に飛んで袈裟懸《けさが》けに斬り込んでいった。簡単にかわされたが、それは見越してのことだった。だが、その先の予想は外れた。

牽制《けんせい》の斬撃《ざんげき》に相手の体勢が崩れると思ったのだ。ところがそうはならなかった。相手は一切の隙《すき》を見せなかっただけでなく、俊敏に横にまわり込んだのだ。

彦九郎は焦った。すぐに正対《せいたい》しなければならなかった。もしくは間合いを外すために、横に動かなければならなかった。

彦九郎が選んだのは、相手に正対することだった。

だが、間に合わなかった。体の向きを変えようとした瞬間、左肩を斬られた。闇の中に短い血飛沫《ちしぶき》が飛んだ。

興奮しているので痛みは感じない。そのまま下がって、相手が斬り込んでくるのを防ごうと、青眼《せいがん》に構えなおし、撃ち込まれてくる刀をすり落とした。

返す刀で、相手の胸を断ち斬りにゆく。だが、できなかった。

胴を抜かれていた。脇腹に強い衝撃があった。

周囲で悲鳴があがった。仲裁しようとする声もあった。しかし、そんな声は彦九郎の耳には届いていなかった。

この窮地《きゅうち》を何とかしのぎ切らなければならないし、殺されてはならなかった。

斬られた肩に痛みを感じはじめていた。それに動きが鈍くなっている。脇腹が熱を持ち、血があふれている。

「き、きさまッ……」

彦九郎は腹の底から声を絞りだして、相手を強くにらんだ。足がもつれた。体がふらついている。それでも歯を食いしばって、刀を振りあげて振りおろした。

相手には届かなかった。代わりに背中を斬られた。

彦九郎はそのまま前にのめって倒れた。大地に頬がつき、舞いあがった土埃《つちぼこり》が体に降ってきた。

彦九郎は動けなかった。男の足が近づいてきて、そしてすぐに離れていった。彦九郎は薄目を開けて、それを見ていた。男の正体どころか、顔さえわからなかった。

「こりゃ、町方《まちかた》の旦那じゃねえか」

そんな声が聞こえてきたのは、ずいぶんたってからなのか、すぐだったのかわからない。

誰かが体をゆっくり抱え起こした。自分を取り囲むように人が立っていた。

彦九郎はうつろな目でそんな人たちをぼんやり眺め、その向こうに見える夜空に視線を移した。きらきらと光り輝く星たちがあった。

「旦那、旦那、しっかりしてください」

誰かが体を揺すっていた。手当てをして、すぐ医者を呼ぶといっている。

彦九郎は口を動かすことができなかった。しゃべりたくても、もうその力がなかった。

「旦那ァー!」

悲痛な声が耳許でした。

彦九郎はそのまま黒い深淵《しんえん》に呑み込まれていった。

三

暦の上ではすでに秋であるが、陽気にはまだたっぷりと夏の名残《なごり》があった。その朝も妙に風がぬるいので、一雨来るのではないかと、西の空を眺めたほどだ。その気配はない。空は広く晴れわたっているし、水はきらめき澄んでいる。

沢村伝次郎《さわむらでんじろう》は雁木《がんぎ》にくくりつけた舫《もやい》をほどき、自分の猪牙《ちょき》に乗り込んだところだった。棹《さお》をつかんだとき、足許で「ぶちッ」と小さな音がした。履《は》き替えたばかりの足半《あしなか》の緒が切れていた。

「なんだ、朝っぱらから……」

伝次郎は愚痴《ぐち》って履き替えることにした。

新しい足半は櫓床《ろどこ》の下に入れてある。収納する空間があるのだ。そこには、舟を洗うたわしや、水を汲み出す手桶なども入っている。

また、舳《みよし》に近い船梁《ふなばり》の下にも同じような隠し戸棚があった。着替えも入れることができるし、刀を仕舞うこともできた。舟を新造する際に、船大工の小平次《こへいじ》が、気を利かせて作ってくれたからくりだった。

新しい足半に履き替えた伝次郎は、もう一度棹をつかんで、自分の足許を見た。足半は普通の草履の踵《かかと》を省いたものだ。これで操船中に足を滑らせることはない。

腹掛け半纏《ばんてん》に股引《ももひき》というなりである。首に豆絞りの手拭いをかけている。

棹で岸を突き、舟を川中に進める。新造の猪牙はミズスマシのように、なめらかな動きをする。船板にはまだ木の香りが残っていた。

伝次郎はゆっくり六間堀《ろっけんぼり》を下っていった。頭上で舞っている鳶《とび》が、ヒュルヒュルと笛のような声を降らしてくる。河岸道《かしみち》には天秤棒《てんびんぼう》を担《かつ》いだ行商人や道具箱を担いだ職人、あるいは通いの女中などの姿が見られた。

北之橋《きたのはし》、中之橋《なかのはし》と過ぎ、猿子橋《さるこばし》のたもとで舟を止めた。約束の時間より、少し早いがかまうことはなかった。

伝次郎は艪床に腰をおろして一服つけた。ゆるやかな風が紫煙を運んでゆく。橋際にある火の見櫓《やぐら》の影が御籾蔵《おもみぐら》の屋根にかかっていた。燕《つばめ》の姿をめっきり見なくなっている。

伝次郎が煙管《キセル》の雁首《がんくび》を舟縁《ふなべり》に打ちつけて灰を落としたとき、岸辺に千草《ちぐさ》が立った。

背後から朝日を受けているので、顔は暗いが体の輪郭がはっきりしていた。

「お待ちになって……」

千草はそういってしゃがみ込み、弁当を手わたしてくれた。

「すまねえな」

礼をいうと、千草が視線をあわせてくる。

堀川の照り返しを受けた千草は顔色がいい。薄化粧だが艶もあった。

「気をつけて行ってください」

「ああ」

「今夜は見えますか……」

「そのつもりだ」

何気ない短い会話。それだけで意思の疎通が取れた。

伝次郎は千草に小さく微笑み返して舟を出した。小名木川《おなぎがわ》に出ると、そのまま舳《へ》先《さき》を右に向け、万年橋《まんねんばし》をくぐり抜けて大川《おおかわ》に出た。

引き潮だ。川の流れがいつもより速くなっている。こんなときの川上りは苦労する。伝次郎は流れにまかせて、中洲をまわり込み三《み》つ叉《また》から日本橋川《にほんばしがわ》に出た。湊《みなと》橋《ばし》近くの河岸場に舟をつけると、そこで客待ちをした。

客待ちのできる場所は決まっている。船頭には約束事があり、自分の縄張り以外で勝手な営業はできない。だから自由に客待ちのできる場所に伝次郎は舟をつける。

本所深川《ほんじょふかがわ》界隈には、船頭としての顔が利《き》いているので、わりと勝手にできるが、大川の西岸から日本橋、神田《かんだ》、浅草《あさくさ》方面には縛りが多かった。

日本橋川には漁師舟が目立った。上流の本船町《ほんふなちょう》に魚市場があるからだ。それも荷揚げを終えて下ってくる舟のほうが多い。威勢のいい漁師たちの笑い声や話し声が聞こえてきては、また遠くに去っていった。

伝次郎はいつになく安寧《あんねい》な気持ちだった。このところ、身のまわりに面倒なことも起きず、近所の連中ともうまくいっている。千草との関係も良好で、結びつきは以前より強く深くなっていた。

「おい、あいてるかい」

小半刻《こはんとき》もせずに声をかけられた。へい、と職人言葉で返すと、

「木場《きば》だ」

客はそういって、身軽に舟に乗り込んできた。

「木場のどのあたりで……」

伝次郎が舟を出しながらいうと、客は無愛想な顔で、

「木場っていや、木場だよ。つべこべいわずに行きゃいいんだ。とりあえず油堀《あぶらぼり》に入ってまっつぐだ」

と、これまたぶっきらぼうにいう。

客はいろいろだ。伝次郎は黙って客の指図《さしず》にしたがうしかない。やたら話しかけてくる客もいれば、黙りこくったままの客もいるし、腰の低い客、横柄《おうへい》で船頭を小馬鹿にして見下げてくる客などといろいろだ。

また、船中で喧嘩口論をはじめる男女がいれば、人目を憚《はばか》ることなくいちゃつきはじめる男女もいる。

乗せた客は職人とおぼしき中年男だった。持っている巾着を何度も漁《あさ》っては、しきりに煙草《たばこ》を喫《の》んだ。なにがあったのか知らないが、苛《いら》ついている様子だった。

油堀を進んでゆくと、永居橋《ながいばし》をくぐってまっすぐ行ってくれという。伝次郎はゆっくり棹を操って、舟を進める。

対向する舟があれば、すうっと川の端に寄ってやる。先方もそうしてくれる。互

いの舟が立てる波を避けるためだが、礼儀でもあった。

客は永居橋をくぐると、右だ左だと指図をして、木場町の材木置き場に舟をつけさせた。

「船頭」

舟を降りる間際に、客は無遠慮な目を向けてきたが、すぐにやっと笑みを浮かべた。

「おめえさん、腕がいいな。いろんな猪牙に乗ったが、おめえさんの腕には感心した。いい船頭だな」

「へえ、そりゃどうも……」

伝次郎は照れたように頭を下げた。

「取っておきな。見かけたら、また声をかけるから頼むぜ」

客は舟賃をわたすとさっさと陸《おか》にあがり、早足で去っていった。過分な料金をもらっていた。二分《ぶ》。多すぎるが、そういう客もいる。伝次郎は黙って懐にしまった。難癖《なんくせ》をつけて、値切る客よりずっといい。

木場を出たあと二組の客を拾い、北本所の青物《あおもの》河岸で乗せた客を三ツ目之橋《みつめのはし》に送り届けると、もう昼だった。

伝次郎は自分が決めている舟着場に戻った。いつも舟を舫っている山城橋《やましろばし》のたもとだ。

千草の手作り弁当を広げ、水筒の水を飲む。弁当は食べやすい俵形《たわらがた》のにぎり飯と沢庵、玉子焼きだった。これが定番になっているが、伝次郎の我儘《わがまま》な注文でもあった。

にぎり飯を頰ばり、沢庵を齧る。ほどよく甘みの利いた玉子焼きもいい。満足そうな顔で、周囲の景色をなにげなく眺める。

夏が終わり、秋に入ったというのを、岸辺に咲く葛《くず》の花で気づかされる。秋の七草のひとつだ。川沿いの土手に女郎花《おみなえし》や桔梗《ききょう》、撫子《なでしこ》なども見るようになっている。

「旦那、やっと見つけられた」

背後でそんな声がした。

振り返ると、汗びっしょりの顔をした音松《おとまつ》だった。首筋の汗をぬぐいながら、雁木を下りてきた。伝次郎が南町奉行所の定町廻り同心だった時代に使っていた小者で、いまは深川佐賀町で油屋を営んでいる。

「ずいぶん慌《あわ》てた顔して、どうした」

伝次郎は沢庵を口に放り込んで、ポリポリいわせた。だが、音松の顔つきがいつもとちがうのが気になった。

「大変なことがあったんです。酒井の旦那が、昨夜殺されたんです」

「……なんだと」

伝次郎は手に持っていたにぎり飯を落としそうになった。

「今朝、それを知って、それで旦那に教えようと思って探していたんです」

「どういうわけで、そんなことに」

「あっしも詳しいことはよくわからないんですが、御番所《ごばんしょ》はいま大変です」

「酒井さんはどこでそんなことに?」

「高砂町だと聞いてます」

伝次郎は目に力を入れて一方を見た。

町奉行所の同心殺しは、ただ事ではない。奉行所総出で調べに入っているはずだ。

そして、殺されたのが高砂町なら、同じ町の自身番を拠点に探索が行われているはずだ。

「音松、乗れ」

伝次郎は棹をつかむなり、音松を舟にうながした。

四

酒井彦九郎が賊の襲撃を受けたのは、高砂町と難波町《なにわちょう》の間にある駕籠屋新道の近くだった。幅二間の小路には、小店が軒をつらねている。

その道を出てすぐ、大門通りに差しかかったあたりで頭巾を被《かぶ》った男が、彦九郎に斬りかかったという。

「時刻は……」

高砂町に音松をともなって駆けつけた伝次郎は、万蔵《まんぞう》を見かけて声をかけたところだった。万蔵は彦九郎の小者だった。

「それがまだ夜の早いうちだったらしいんです。六つ半（午後七時）頃だったと……」

伝次郎は彦九郎が凶刃《きょうじん》に倒れたあたりの地面を凝視《ぎょうし》した。

六つ半なら人目も多かったはずだ。しかも、往来の多い大門通りと交叉《こうさ》するあたりである。

「どこまで調べはついている」

伝次郎は万蔵に顔を戻して訊ねた。

万蔵は頑丈そうな顎を撫でて、顔を曇らせた。

「それが、よくわかっていねえんです。旦那を斬った野郎は、頭巾で顔をおおっていたらしくて……。いえ、斬り合っているところを見たものは大勢いるんですが、相手のことはとんと……」

「聞き調べでわかっていることは？」

「それもあまりわかってませんで……」

万蔵は歯切れが悪い。困ったという顔で、何度もため息をつく。

「今月は南は非番月だったらしいが、誰か来てるのか？」

「来てます。松田《まつだ》の旦那も中村《なかむら》の旦那も……」

「会って話を聞きてえ。どこにいる？」

「近所にいるはずです。その辺で待っててもらえますか。探してきますから……」

伝次郎は大門通りにあるすぐそばの茶店を指さし、そこで待っているといった。

茶店の床几《しょうぎ》に座った伝次郎は、厳しい目で通りを眺めた。

町方の同心らしい姿はさっきから見かけない。目の前の通りには、人の往来が多い。もちろん昼間ということもあるが、昨夜の六つ半頃も、それ相応の人の往来があったはずだ。

「おまえさん、昨夜の出来事を知ってるか？」

伝次郎は茶を運んできた店の小女《こおんな》に声をかけた。その店から昨夜の事件現場まではほどないし、見通しもよかった。

「いえ、わたしは見てないんです。その頃は店は終わっていましたから……。知ったのは今朝でした」

「そうか……」

「怖いことです。斬られたのは町方の旦那だっていいますからね」

小女はぶるっと体をふるわせて、店の奥に戻った。

「旦那、下手人を探すんで……」

音松が顔を向けてきた。

伝次郎はすぐには返事をせず、茶に口をつけて遠くの空を眺めた。青い空に点々と雲が散らばっている。

殺されたのは酒井彦九郎である。じっとはしていられない。定町廻りに伝次郎が推挙されたとき、すでに彦九郎は年季の入ったやり手同心だった。

定町廻りは、それなりに有能でなければ務まらない。人を見る目や探索能力はもちろんのこと、広い見識も必要であるし、極悪非道の輩《やから》を相手にするので剣術の腕と、体力も要求される。

おおむね三十代後半から四十代前半で抜擢《ばってき》されるのは、それなりの経験を必要とするからである。

それを考えると、伝次郎が三十五歳で定町廻りに抜擢されたのは異例のことだった。

だが、経験不足を補うことは簡単ではない。そのために、先任の同心らの指導を仰ぐのだが、酒井彦九郎は伝次郎にことのほか目をかけてくれた先輩同心だった。

家族同士の付き合いもあり、互いの家を行き来していたし、人付き合いのよい軽忽な人柄は好感が持てた。そんな彦九郎に、伝次郎は身内以上の親しみを感じていた。

「下手人がすぐに捕まりゃいいが、そうでなきゃ……」

伝次郎はまるめ持った手拭いを強くにぎりしめた。

「あっしも手伝います」

音松が神妙な顔でいう。

「それはこれからの話次第だ。ひょっとすると、すでに下手人の手掛かりはつかめているかもしれねえ」

「そうであればいいですね」

音松はしんみりした顔で茶を飲む。音松も彦九郎に可愛がってもらったひとりだ。

ほどなくして左手のほうから、万蔵といっしょに歩いてくる男の姿が見えた。松田久蔵《きゅうぞう》だった。着流しに羽織、きれいに結った髷に櫛目が通っている。端整な面立ちは相も変わらずだが、彦九郎と同年だった。

伝次郎は立ちあがって、一礼した。二人ともにこりともしない。かたい表情のまま、長床几に座った。久蔵は一度深いため息をつき、悔しそうに膝をたたいた。

「……どうなっているんです？」

先に伝次郎が聞いた。

「どうもこうも……まさか、こんなことになるとは思いもよらぬことだ」

久蔵は他の同心仲間とちがい、べらんめえ言葉は使わない。伝次郎もそれに合わせる。

「彦九郎と賊が斬り合ったのを見たものは多いが、賊を覚えているものはいない。まあ、まだ聞き込みが足りないってこともあるが……あ、茶をくれ」

久蔵は注文を取りに来た小女にいってつづけた。

「さっき、北町から引き継いできたところだ。この一件は、当然のことだが南町で預かるが、北町もいつでも助《すけ》をするといってくれている」

「賊の手掛かりは……」

久蔵は首を振った。

「賊は頭巾を被っていた。彦九郎を倒すと、この通りを北のほうへ悠然《ゆうぜん》と歩き去ったという。そのときも頭巾を被っていたので、誰も顔を見ていない」

伝次郎は大門通りの北へ目を向けた。まっすぐ行けば、お玉ケ池《たまがいけ》を過ぎ神田川に突きあたる。川をわたれば、浅草や上野《うえの》方面への道が無数にある。もちろん、その手前でも道は何本も交叉している。

「酒井さんに恨みを持っていた人間というのは、どうなんです」

伝次郎は久蔵の顔を見た。

色白で細身の男なので、実年齢より若く見られるが、さすがに疲れた顔をしていた。それに、以前見られなかった小じわが目立つようになっている。

「いま調べているところだ。流罪《るざい》になったやつも、所払《ところばら》いになったやつも、とにかく虱《しらみ》つぶしでやる」

久蔵は茶に口をつけて、奥歯を嚙むように口を真一文字に結んだ。

「おれにも手伝いをさせてください」

伝次郎がそういうと、久蔵がさっと顔を向けてきた。

「放っておけることじゃありません。酒井さんにはずいぶん世話になっているし、なんの恩返しもできていないままです。このまま賊をのさばらせておくわけにはいきません」

「やってくれるか」

久蔵が真剣な目を向けてきた。

「やるしかないでしょう」

「おまえが助をしてくれるなら頼もしい。おれからも頼みたいと思っていたのだ」

五

茶店から目立たない一膳飯屋《いちぜんめしや》に場所を移して、伝次郎は久蔵の話を聞いていた。

「彦九郎は先月、女殺しをした深井源水《ふかいげんすい》という偽《にせ》医者を捕まえている。源水には親兄弟もいないし、身内もいない。源水の周辺にいる人間の仕業だと考えるのは難しい」

「それじゃ、その前のというのは……」

伝次郎は静かに久蔵を見る。西にまわりはじめた日の光が、格子窓《こうしまど》から射し込み、久蔵の片頬をあぶっていた。

「三月ほど前になるが、本船町の魚市場荒らしをしていたこそ泥を捕まえたぐらいだろう。もっとも、それにはずいぶん手間取ったが……」

「魚市場荒らしというのは、どういうことです？」

「魚問屋や干物屋に入り、売り上げを盗んでいたんだ。被害は十本の指じゃ足りなかった。盗人《ぬすっと》はお七《しち》という女だった。夜鷹《よたか》崩れだが、これがなかなかの美人でな。ほうぼうの店に出入りして、店のものといい仲になっていた。盗む金も誤魔化しの利《き》く程度だったんだが、同じことが度重《たびかさ》なれば、馬鹿でも気づく」

「お七に男は？」

「いなかった。それもはっきりしている。もっとも騙《だま》されて惚れたり、ほだされた男はいるかもしれないが……」

久蔵は煙草入れを出して、煙管に丁寧に煙草を詰め、火をつけた。

店は閑散としている。伝次郎と久蔵は片隅の席で向かいあって座っているが、少し離れたところで、音松と彦九郎の小者・万蔵が静かに待っていた。

店のものは板場のそばで、茶飲み話をしている。客はいないので、伝次郎たちを不審がるものは誰もいなかった。

久蔵の吐きだす紫煙が、射し込んでくる日の光にくっきりと浮かびあがった。

「ところで、昨日は休みだったと聞いていますが、酒井さんは何の用があってこの辺にいたんですか。そのことはわかっているんですか？」

伝次郎は別の疑問を口にした。

「それがわからないことなのだ。家のものにはとくに行き先を告げずに出かけたらしいのでな。使っている手先も、どこへ行ったか知らないという」

「ひとりで出かけていたんですね」

「そういうことだ」

久蔵はコンと煙管を灰吹きに打ちつけると、取り出すときと同じように丁寧に煙草入れにしまった。

「どこへ何をしに行っていたか、それもわからないということですか……」

「そうなのだ。だが、ときどきそんな日があったという」

「いつ頃からです?」

伝次郎は目を光らせ、少し身を乗りだして久蔵を見た。

「やけに気にするな。数ヵ月前だというが、はっきりとは聞いておらぬ。だが、行きつけの店ではないようだ。ひょっとすると寄席《よせ》だったのかもしれぬが、まだあたってはおらぬ」

「寄席ですか……」

伝次郎は宙の一点を凝視した。

彦九郎の軽忽さは生まれつきだろうが、寄席が好きだったのはたしかだ。何人か贔屓《ひいき》にしている噺家《はなしか》もいた。

「気になるんだったら、そっちも調べてみよう。うっかり見落としたなんて、へまはやりたくないからな」

「お願いできますか」

「やるさ」

「それで、いまわたしにできることはなんでしょう……」

「今日のところはいい。この一件は北町から引き継いだばかりだし、明日になればもう少し詳しいことがわかっているだろう」

「どこを連絡《つなぎ》の場にすればいいでしょう」

久蔵は少し考えてから答えた。

「しばらくは高砂町の番屋（自身番）を使う。そこでいいだろう。おまえも親方の顔は知っているはずだ。なにかあれば、言付《ことづ》けをしておくし、おまえのほうでもなにかあったら言付けを頼む」

親方というのは、自身番の書役《かきやく》のことである。伝次郎はわかりましたと答えた。

小半刻後、伝次郎は大川をわたっていた。舟には音松が乗っている。

傾きはじめた日の光を受けた大川は、小さく波打っていた。下ってきた筏舟《いかだぶね》が、仙台堀《せんだいぼり》の入り口に架かる上之橋《かみのはし》をくぐり抜けていった。

「旦那、あっしのことなら適当なところでいいです」

「……」

伝次郎は思案げな顔で、うなずくでもなく返事をするでもなく、黙って棹を操った。

「飲みますか。二人だけの通夜ってことで……」

そういう音松を、伝次郎は黙って見た。

「音松、気を使うことはねえ。明日から忙しくなるんだ」

「しかし……」

「いいってことよ。おれにはいろいろ考えることがあるんだ」

伝次郎はそのまま猪牙を流れにまかせて、深川佐賀町《さがちょう》の中之橋近くにつけた。

「それじゃ旦那、あっしも明日は高砂町の番屋に行きますんで」

音松が雁木にあがって振り返った。

「おまえには世話になってばかりだが、今度ばかりは頼む」

「水臭いことはいわないでください」

伝次郎はよろしくな、といってそのまま岸辺を離れた。しばらくして振り返ると、音松が自分の店に入るのが見えた。髪油をおもに扱っている油屋を営んでいるが、ほとんど女房のお万《まん》にまかせきりだ。

音松は伝次郎の目こぼしを受けて手先になったが、伝次郎が町奉行所をやめると、そのまま市井の暮らしに戻った男だった。

伝次郎は大川を上り、小名木川に入った。群れをなして飛ぶ赤とんぼが、夕日に浮かびあがる。六間堀に入ると、両側にある大名屋敷から蜩の声が聞こえてきた。

日が落ちるまで、まだ間があった。だからといって、仕事をする気にはならない。胸の奥には、大きな喪失感があった。

伝次郎は猿子橋をくぐった先で、舟を舫った。そのまま陸《おか》にあがると、千草の店に足を向けた。

（やっぱり飲まずにはおれねえ）
内心でつぶやいた伝次郎の胸は、悲しみに打ち拉《ひし》がれていた。

六

丈太郎《じようたろう》は夕暮れの大門通りを歩いていた。その日は朝から、北町奉行所の嶋田《しまだ》元之助《げんのすけ》の指図を受けほうぼうを駆けずりまわり、くたくただった。

もちろん、酒井彦九郎殺しの下手人探しのためである。なにより真っ先に、斬られたのが彦九郎だと気づき、医者を呼びにやらせたり、町奉行所に知らせを走らせたりして、昨夜の犯行現場で最初に取り仕切ったのが、丈太郎だった。

そして、真っ先に駆けつけてきたのが嶋田元之助だった。丈太郎は元之助から手《て》札《ふだ》と十手《じつて》を預かって岡っ引きになったのだが、そうなってからまだ半年ほどで、これといった手柄らしい手柄は立てていない。

だから、
（今度ばかりは……）

と、気負い立った気持ちがあった。

「おい、晋坊《しん》……」

富沢町《とみざわちょう》に来たとき、晋五《しんご》という男に気づいて声をかけた。

使っている下っ引きだった。夏場は心太《ところてん》売りをやり、その時季が過ぎると古銭買いをしたり暦売りをしたりしている。

「なんだ親分ですか」

晋五は剽軽《ひょうきん》な顔を向けてくる。両眉尻が下がり、鼻の穴が空を向くぐらい上を向いている。

「へい、仕事ですか……」

「なんだじゃねえさ。ちょいと用があるんだ」

天秤棒の両側に吊した箱を地面に置いて、頭に巻いていた手拭いをほどいた。心太や皿を入れた箱は、涼しそうな格子になっている。

丈太郎はすぐそばの酢醤油屋の軒下に積まれている薪束に腰をおろした。晋五も隣の薪束に座った。

「昨夜のことは知ってるだろう」

「町方の同心が殺されたことですね。やっぱり親分が調べることになってんですか」

「おれがあの旦那の最期を看取《みと》ったんだ」

「ヘッ、ほんとですか」

「騒ぎが起きてるって聞いて、駆けていったら、酒井の旦那が斬られたところだった。そんときゃ遠目だったんで、旦那だとは思わなかったんだが……」

「酒井の旦那をよく知ってたんですか？」

「おれも嶋田の旦那から十手を預かっている身だ。酒井の旦那は南だからよくは知らねえが、顔と名ぐらいは知っていた。だから驚いちまったのなんの……。ま、とにかくおれが方々に知らせを走らせて、それから調べをしてるってわけだ」

「それで何かわかったことでも……」

「まだ、何もわかっちゃいねえ。昨夜の斬り合いを見ていた野郎は腐るほどいるが、下手人のことはなにも覚えちゃいねえ。ただ、酒井の旦那を斬り捨てて、この通りを向こうに行ったたってだけだ」

丈太郎は通りの北のほうに顔を向けていう。

華やかな着物を着た二人の若い娘が、目の前を通り過ぎていった。その後ろから町駕籠がやってきて、二人の娘を追い越していった。

「親分はその男を見たんで……」

「顔は見ちゃいねえ。頭巾を被ってやがったんだ。それにおれが駆けつけたときには、その野郎はさっさと離れて行っちまったからな」

そういう丈太郎は、なぜ、あのとき男を追わなかったのだ、と自分を情けなく思った。正直なところ、怖かったのだ。たったいま人を殺した男を追う勇気がなかった。だが、いまはそのことを深く後悔し、恥じ入っていた。

それゆえに、なんとかあの下手人を探したいと思っていた。丈太郎は話をつづけた。

「困ったことに、下手人のことは何もわかっちゃいねえ。年もわからねえ。聞き込んだ話からすりゃ、三十ぐらいだろうってことだが、それもあやしいもんだ。ただ、太ってもいず、痩せてもいず、背丈が五尺六寸（約百七十センチ）ぐらいだったということだ」

「どんな着物を着てたんです？」

「目立たない木綿縞だ。羽織なしの着流しだったというから、浪人と考えていいかもしれねえが、それもはっきりはしねえ」

「それじゃ調べようがないじゃないですか」

「そこをなんとかするのが、おれたちの役目だ」

「おれたちって、あっしも……」

晋五は空を向いている自分の鼻を、指さして目をまるくする。

「あたぼうよ。昨夜の斬り合いを見たやつは大勢いる。町方の旦那たちはそいつらの話を聞いてまわってる。おれも同じことをやってるが、おめえにも手伝ってもらう」

「そういうことでしたら」

「なにかわかったら、真っ先におれに知らせろ。わかったな」

「へえ、わかりやした」

「頼んだぜ」

丈太郎は晋五の背中を、ぽんとたたいて立ちあがった。聞き込みをしなければならない。まずはそれが探索の基本である。十手を預けてくれた嶋田元之助からの教えだった。

丈太郎が預かっている縄張りは、高砂町と住吉町《すみよしちよう》、そして難波町である。殺しは高砂町の外れで起きたが、事件を目撃したのはその町の住人だけではないはずだ。偶然通りがかったものもいただろうし、他国《よそ》からやってきた旅人もいたはずだ。しかし、それがどこの誰であるかを特定することはできない。

駕籠屋新道に差しかかったとき、ひとりの同心の背中が見えた。小者がひとりそばについていた。二人はその路地の一点を見つめていた。酒井彦九郎が倒れた場所である。

「旦那……」

そっと声をかけると、同心が振り返った。中村直吉郎《なおきちろう》という南町奉行所の定町廻りだった。丈太郎は自分の主人である嶋田元之助から、今回の一件はこの中村直吉郎と松田久蔵の指示を仰げといわれていた。

「おまえか。なにかわかったか……」

直吉郎は丈太郎を認めてからいった。

「いえ、なにも」

「こっちにはわかったことがある。ついてこい」

直吉郎はそういって顎をしゃくった。

七

丈太郎が連れて行かれたのは、高砂町の外れにある小間物屋の脇だった。

「ここに、下手人とおぼしき男が立っていたのを見た子供がいた。子供は男が懐から頭巾を取りだして被るのを見ている」

中村直吉郎はそういうと、鋭い切れ長の目を光らせて、視線を周囲にめぐらした。

「ここは高砂橋のそばだ」

「へえ……」

丈太郎もあたりに視線をめぐらした。

目の前は浜町堀で、すぐそばに高砂橋が架かっている。その橋からまっすぐ西へ行けば、芝居小屋と芝居茶屋のある二丁町《にちょうまち》だ。もう日が暮れているので、通りのあちこちに軒行灯のあかりが浮かんで見える。

「酒井さんが、この橋をわたって来たのかどうかはわからねえ。だが、子供の見た男が下手人だとするなら、いや、おそらくそうに違いねえ。その野郎は、とにかくここで酒井さんを待ち、南に歩き駕籠屋新道に入った酒井さんを見届け、橋からまっすぐのこの通りを急いで、先まわりをして襲ったということになる」

「……そうなるんでしょうね」

「酒井さんはどこかへ行った帰りだった。つまり、下手人は酒井さんがどこへ行っていたかを知っていたということになる」

「へえ」

丈太郎はさすがに、同心の考えることは違うと感心する。

「問題は、酒井さんがどこへ行っていたかだ。下手人の足取りは皆目《かいもく》わからねえ。どこからやってきて、どこへ消えたのかさっぱりだ。だが、酒井さんの足取りならつかめるはずだ。そうだな」

「はい」

これは直吉郎の使っている小者の返事だった。平次《へいじ》という男で、瓢箪面《ひょうたんづら》ののっぽだ。

「酒井の旦那が昨日どこへ出かけたのか、知ってる人はほんとに誰もいないんで……」

丈太郎の問いに直吉郎が顔を向けてきた。

「知ってりゃこんな面倒なことはしねえさ。いずれにしろ、酒井さんはこの浜町堀沿いの道を北から歩いてきたか、橋をわたってきたか、どっちかのはずだ。丈太郎、まずはそれを調べて、どこへ行っていたかを突き止めるんだ」

「へい。承知しやした」

「おめえは返事はいいな」

直吉郎はそういったあとで付け加えた。

「まあいい。今日はもう切り上げだ。おめえとは初めて組むことになる。軽く一杯付き合え。松田さんのことも、ちゃんと紹介しておかなきゃならねえ。ついてこい」

丈太郎はさっさと一方へ歩き去る直吉郎のあとを追った。

「また、おとっつぁんは引っかかってんだよ。しょうもない人だよ、まったく。

順吉《じゅんきち》、居場所はどうせわかってんだ。呼んで来てくれるかい」

ぶつぶつ小言をいう母親を見た順吉は、はいと短く返事をして戸口を出た。難波町の長屋の路地を歩きながら、木戸口に向かうが、その間も母親の小言はやまなかった。

毎晩毎晩、酒ばかり飲んで、どこにそんな余裕があるってんだい、ツケはたまる一方だってこと……云々。

順吉は母親の小言を聞くのがつらくなっていた。また、父親を呼びに行くのも面倒だったが、それで道草を食うことができる。

かといって遅くなると、夕餉《ゆうげ》にありつけない。だから適当に町を歩いて、父親が飲んでいる店を訪ねるのが常だった。

「おい、坊や」

声をかけられたのは、長屋を出てしばらく行ったところだった。暗がりに男が立っていた。侍だとわかるが、顔はよく見えなかった。

「なんでしょう……」

「ちょいと聞きたいんだが、昨夜も表を歩いてなかったか？　まあこんな遅くじゃない。日の暮れかかった頃だ」

順吉はどうしてそんなことを聞かれるのかわからなかった。

「歩いてました」

「高砂橋のそばを歩いたか？」

「どうして、そんなことを……」

順吉はなんだか怖くなった。侍は暗がりにいるだけで、顔が見えない。走って逃げようと思うが、足がすくんだように動かなかった。

「教えてくれないか。ちょっと探し物をしてるんだ。高砂橋のそばを歩いていたな」

「……前を通りました」

「そのときなにか見なかったか？　その伊勢屋《いせ》という小間物屋のあたりで……」

順吉は視線を泳がせてから答えた。

「人を見ました」

「ほう、それは侍だったんじゃないか？　顔を見たかい？」

暗がりの中の相手が、じっとこっちを見ているのがわかった。

順吉はますます怖くなった。

「見なかった。頭巾を被るとこは見たけど」

そういったとき、暗がりの中にある侍の目がきらっと光ったような気がした。

「やっぱりそうだったかい」

侍はそういって暗がりから出てきた。

月あかりにその顔が一瞬垣間見えたが、順吉は大きな手で口を塞《ふさ》がれ、首に腕を巻きつけられていた。息が苦しくなったのはすぐのことだ。

第二章　聞き調べ

一

弱々しい朝の光が障子《しょうじ》にあたり、蟬《せみ》たちがまばらに鳴きはじめた。一時の勢いはない。それだけ蟬の数が少なくなったという証拠だ。あと、十日もすれば、その声も聞かれなくなるだろう。

夜明けを迎えたばかりの長屋は静かである。障子を開ける。裏の雨戸は開け放しているので、朝の冷気が吹き込んできて吊っている蚊帳《かや》を揺らした。

伝次郎は腹這いになると、煙管をつかんで煙草を吸った。そのままぼんやりと、酒井彦九郎のことを考えた。

昨夜は千草の店で、彦九郎を偲《しの》んでいた。通夜は今日だ。参列したいが、控えたほうがいいと決めた。

通夜には町奉行所のものが詰めかける。顔を合わせたくないものもいるし、おそらく町奉行所を追われた自分に、嫌悪の目を向けてくるものもいるだろう。それに、下手人が通夜見物に来るとも思えない。

紫煙を吹かして宙の一点を凝視する。瞼《まぶた》の裏に、ありし日の酒井彦九郎の顔が浮かんでくる。厳しい顔は浮かんでこない。

ありありと浮かぶのは、彦九郎のにこやかな笑顔である。そういう人柄だったせいかもしれない。周囲をあかるくし、人の和を保つ人だった。それでいて、同心としての探索能力にすぐれていた。

とくに話を引き出すのが上手で、他の同心が訊問《じんもん》に手こずっていると、

「どれ、おれにまかせろ」

といって代わり、あっさり白状させることもしばしばだった。その見事さに「どんな手妻《てづま》を使ったんです」と、驚く同心もいた。

伝次郎が、なるほど手妻以外にないと思ったことも一度や二度ではなかった。同

心としての能力はそれだけではなかったし、後進のものたちへの指導も熱心だった。中でも伝次郎は目をかけられたほうだった。

「おい伝次郎、明日は釣りだ。仕事はやめやめ」

気さくに肩をたたかれて、強引に釣りに誘われたのは、定町廻り同心に抜擢されて間もなくの頃だった。

鉄砲洲《てっぽうず》の岸壁で肩を並べて釣り糸を垂れながら、彦九郎はいろんなことを話してくれた。ほとんどは楽しい世間話だったが、

「伝次郎、おまえは気負いすぎだ。気負ったたって、なんにも解決はしねえんだよ。大事なのは心だ」

と、はっとするようなことを教えてくれた。

「どんなあくどい野郎だって、同じ人間だ。心がある。ときには心で接してやるってことも大事なことだ。頭ごなしに、やいこの野郎、とやってもだめだ。人間と人間だ。悪党にも弱点はある。心の弱みだ。それを見つけられりゃ本物だ」

いわれた伝次郎は、なるほどそうかと思った。以来、そのことを忘れたことはない。

彦九郎とはそんな人間だった。だから目こぼしを受けたものの多くが「仏の彦さん」と呼んだりしていた。使っていた小者の万蔵と粂吉《くめきち》もそうだった。一度、彦九郎の魅力に取り憑《つ》かれると、「この人のために死んでもいい」と思わせる不思議な雰囲気を持った同心だった。

「なとなっとう、なっとう……」

声を抑えた売り声が聞こえてきた。

それで我に返った伝次郎は、ようやく起きることにした。納豆売りの声が次第に遠ざかっていく。

伝次郎が幼い頃は、納豆の売り声は冬が近くならなければ聞かれなかった。ところが、最近は夏の盛りにも納豆売りがやってくるようになっている。

井戸端で水を使っていると、長屋の連中がひとり二人と家から出てきて、互いに挨拶《あいさつ》を交わす。以前の長屋とちがい、わりと暮らしに余裕のあるものが多いので、挨拶も丁寧である。

ささっと茶漬けで朝餉《あさげ》をすませた伝次郎は、いつもの船頭のなりではなく、着流し姿に大小を差し、菅笠《すげがさ》を被って自宅長屋を出た。舟を使おうかどうしようか迷ったが、おそらく舟の移動は少ないだろうと思い、歩いていくことにしたのだ。

大橋《おおはし》をわたり両国広小路《りょうごくひろこうじ》を抜けた頃には、日が高くなっていた。通りを歩く人の数も多くなり、商家は暖簾《のれん》をあげ、小僧たちが店の前を掃《は》いたり水を打ったりしていた。

「旦那、旦那……」

声をかけられたのは、高砂町に入ってすぐのことだった。高砂橋のそばだ。声の主は音松だった。

「なんだ、ずいぶん早いじゃねえか」

「旦那より遅れては、申しわけないじゃないですか。それより、また殺しです」

「なに……」

伝次郎は片眉を大きく動かして音松を見た。

「殺されたのは子供です。死体が今朝早く見つかりましてね。それで、丈太郎という町の岡っ引きが走りまわっています。じき、松田と中村の旦那がやってくるでしょう」

「詳しいことは……」

「あっしも来たばかりでして、それにいまは手札も十手もないんで、へたに首を突っ込めないじゃありませんか……」

「そうだな」

伝次郎はあたりに注意の目を向けてから、

「丈太郎という岡っ引きはどこにいる?」

と聞いた。

「すぐそこの長屋です。殺された子供の親に会いに行ってます」

伝次郎はその長屋の木戸口を見た。

そのとき、背後に足音がしたので、振り返ると中村直吉郎が小者の平次といっしょにやってきたところだった。

「伝次郎……」

直吉郎が足を止めて目を向けてきた。

「ご無沙汰です。酒井さんがまさかとは思いましたが……」

伝次郎は悔しそうに口を引き結び、目を伏せた。

「いまさらどうしようもねえが、悔やんでも悔やみ切れねえとはこのことだ。おまえが助をしてくれるということは、松田さんから聞いた。頼むぜ」

そこで、直吉郎は音松に気づいて、

「音松じゃねえか。元気そうだな。おまえも助をしてくれるのかい」

と、気さくに声をかける。

「あっしにできることがありゃ、なんでもします。酒井の旦那にはあっしも世話になった口ですから……」

「それで、子供が殺されたと聞いたんですが……」

伝次郎がいうと、直吉郎は顔をしかめて、

「らしいが、これから調べだ。ついてきな」

と、顎をしゃくった。

二

その家は長屋の路地を入った中ほどにあった。

戸口前に隣近所のものたちが集まって、もの悲しそうに立っていた。家の中から叫ぶような女の泣き声がしていた。

長屋の連中は、同心のなりをした直吉郎と小者の平次がかざす十手を見て、道を開けてくれた。

「その子か……」

直吉郎は土間に入って岡っ引きの丈太郎に訊ねた。そうだと丈太郎が答える。

伝次郎は戸口前に控えて話を聞くことにした。

殺されたのは、順吉という十歳の子だった。枕許にうなだれている大工の父親と、さっきから無残な我が子の死を嘆きつづけている母親がいた。

「五助《ごすけ》さん、御番所の旦那が見えたんだ。ちゃんと話してやらねえか。でなきゃ下手人は捕まらないぜ」

丈太郎が父親をうながした。だが、五助は畳に突っ伏して、

「おれが、おれがあんなところで酒を飲んでなきゃ。おれが、おれが悪かったんだ。お吉《きち》、おめえのいうとおりだ。おりゃ、おりゃ……」

と、顔をくしゃくしゃにして泣きはじめた。

「あたしが代わりに行けばよかったんだよ。順吉に頼んだのがいけなかったんだよ。いつものことだからと思って頼んだんだけどねえ。まさか、こんなむごいことに……」

母親はまたもや大きな声で、おいおいと泣きだす。

これでは話を聞けない。落ち着くのを待つという手もあるが、おおむねの話を聞いていた丈太郎が代わって説明した。

「五助さんは仕事帰りに、長谷川町《はせがわちよう》にある徳助《とくすけ》って飲み屋で一杯やるのが常で、それで昨夜はお吉さんが順吉を呼びに行かせたんですが、帰りが遅いんで心配していると、亭主の五助さんのほうが帰りが早かったらしいんです」

「あれ、あんた順吉は？」

お吉は、鼻の頭を赤くして帰ってきた亭主をにらんでいった。

「順吉、順吉がどうしたい。ひっく……」

「あんたを呼びに行かせたんだよ。もう、半刻（一時間）も前のことだよ」

「知らねえな。順吉の、じゅの字も店にゃあらわれなかったがな。ひっく、おい、

ろではない。

いい加減酔っている五助は、あぐらを掻《か》いて水をほしがったが、お吉はそれどこ
水を一杯くれねえか」

「知らないって、それじゃ順吉はどこにいるんだい？　いつものように、あんたを呼びに行ったんだよ。遅いんで、また順吉にうまい〝エサ〟でもやって、誤魔化してるんだろうって思っていたのさ」

「知らねえものは知らねえよ。べらぼうめ、それよっか水だっていってんだろ。水を持って来いっていってんのが聞こえねえのか！」

「まあ、そんなわけで、夫婦喧嘩になったらしいんですが、順吉は相変わらず帰ってこない。半刻、また半刻と過ぎ、気づいたときには木戸の閉まる四つ（午後十時）を過ぎていたんで、酔いの醒《さ》めた五助さんも心配になってほうぼうを探したそうなんですが……」

「それで見つかったのが、今朝だったってわけか」

直吉郎は丈太郎の話を遮るように、言葉を挟んだ。

「へえ、さようで。それで今朝早く蜆《しじみ》売りが仕入れに行く途中で、順吉の死体を見つけたって次第で……」

「どこで見つけた？」

「富沢町です。栄橋のすぐそばにある糸物問屋の庇《ひさし》の下です。天水桶《てんすいおけ》の脇の暗がりに子供の白い足が見えたんで、蜆売りはびっくりしたらしいんですが……」

ふむ、と直吉郎は自分の顎を撫でて、五助とお吉に、順吉の顔を拝んでいいかと訊ねた。

泣きじゃくっている二人は「どうぞ」と応じ、またしゃくりあげた。よく泣く夫婦だった。

直吉郎は順吉の顔にかけられている白い布を、ゆっくりめくるように剝《は》いだ。幼い顔がすぐにあらわれた。

戸口に立っている伝次郎は、観察するような注意の目を向けた。きれいな死に顔だった。顔に傷はない。

「あれ、これは……」

驚きの声を漏らしたのは、直吉郎だった。すぐに小者の平次に顔を向けて、

「見てみろ」

といった。

伝次郎の横で爪先だってのぞき込んだ平次も、

「あッ……」

と、驚きの声を漏らした。

「どうした？」

気になった伝次郎が訊ねると、直吉郎が振り返って答えた。

「昨日、この子に会ってるんだ。酒井さん殺しの下手人らしき男を見たのが、この子だった。その男は懐から頭巾のようなものを取りだして被った。それを、この順吉が見ていたんだ」

伝次郎は目をみはった。

「それじゃ、下手人は口封じのために順吉を殺《あや》めたということに……」

平次がつぶやく。

「下手人は順吉に見られたことに気づいていた。だが、そのときは見過ごしたんだろう」

伝次郎だった。みんなの目が向けられた。伝次郎は自分の推量をつづけた。

「なぜ、下手人はそのとき順吉にかまわなかったか。それは、酒井さんがすぐそばまで来ていたからだ。下手人は取り急ぎ、酒井さんを殺めるために先回りをして凶行に及んだ。それで、下手人の目的は果たされたのかもしれないが、余計な仕事が増えた。それは、自分の顔を見たかもしれない、順吉の口を封じることだった」

「おおむねそういうことかもしれねえ」

伝次郎に応じた直吉郎は、あらためて順吉の体を仔細《しさい》に見てゆき、

「首を絞めての殺しか……」

と、決定づけるようにつぶやいた。

三

順吉が首を絞められて殺されたのがわかったところで、伝次郎たちは場所を移して話しあうことにした。

自身番は手狭《てぜま》なので、直吉郎はすぐそばにある飯屋の入れ込みにあがり込んだ。

朝餉客の去った飯屋は閑散としているし、昼までは暇なので遠慮なく使ってくれと店の主も快く応じてくれた。

「酒井さん殺しの下手人が、順吉をも殺《あや》めたと思って間違いないだろうが、早とちりってこともある。ここは慎重に調べを進めなきゃならねえ」

直吉郎はそばにいるものたちの顔を順繰りに眺めた。伝次郎の他に、音松、平次、丈太郎がいる。

櫺子格子《れんじごうし》から射し込む朝日が、みんなの膝許に走っていた。

「まずは昨夜、順吉殺しの下手人を見たものがいないか、それをあたってもらう。丈太郎、おめえさんは、この辺のことなら隅から隅まで知っている人間だ。酒井さんの分もあわせて、徹底しての聞き調べを頼む」

「旦那、その酒井さんがどこへ行っていたか、どっから駕籠屋新道に入ったか、それも調べなきゃならねえんです」

「やることはいっしょだろう。手が足りなきゃ、あとで人を増やすし、おれたちも聞き調べはやる」

「へえ」

丈太郎は素直に頭を下げた。

「ひとつわからないことがあります」

伝次郎だった。

「昨夜、母親のお吉は倅《せがれ》の順吉に、父親の五助を呼びにやらせていますね」

「うむ」

直吉郎がうなずく。いつ会っても剃刀《かみそり》のように鋭い切れ長の目をしているが、情の厚い男だった。

「五助が飲んでいたのは、長谷川町の徳助という飲み屋でした。ところが、順吉の死体が見つかったのは、栄橋そばにある糸物問屋の庇の下でしたね。徳助という飲み屋は、三光稲荷《さんこういなり》のそばだと、さっき聞きましたが、順吉は長屋を出てからずいぶん遠回りしたことになりませんか……」

「そういわれりゃ、おかしいな」

直吉郎は視線を泳がせた。

「ひょっとすると、順吉は他の場所で殺されて、糸物問屋の庇の下に運ばれたんじや……」

音松だった。

「そう考えることもできるが、いくら暗かったとはいえ、まだ宵の口だったはずだ。死体を運ぶのは人目につきやすい。しかし、順吉を別の場所で殺したとするなら、どこだ？」

直吉郎はこの辺の土地鑑《とちかん》に一番長けている丈太郎を見た。

「たしかにおかしなことですね。順吉が徳助にまっすぐ行くなら、長屋を出てすぐの角を左に曲がり、大門通りを右に曲がって、つぎの辻を左ってとこか、長屋を出て高砂橋をやり過ごした先の角を、左に折れてまっすぐのどっちかでしょう。それを考えるなら、浜町堀沿いの道が一番人気《ひとけ》がありませんから……」

「よし、それなら浜町堀沿いの道をあたろう。誰か下手人を見たものがいるならめっけもんだ。平次、丈太郎、とりあえずおまえたちでやってくれ。行け」

平次と丈太郎が飯屋を出て行くと、直吉郎は冷めた茶に口をつけて、

「そろそろ、松田さんが来る。話を聞いておこう」

と、伝次郎を見てつづけた。

「順吉殺しも気になるところだが、おりゃあ酒井さんが、あの日、どこへ行ってい

たのかそれが気になってしかたねえ。家のものにも誰にも、行き先をいってねえんだ」

「昔からそうではなかったはずです」

伝次郎は彦九郎のことをある程度知っている。

彦九郎は身内に隠し事をするような男ではなかった。非番の日に出かけるときは、誰かに行き先を告げていたはずだ。

「そうだよな。おれも酒井さんとは長い付き合いだったが、家のものに行き先をいわずに出かけたというのが気になる。ひょっとして夫婦喧嘩でもしていたのか……」

直吉郎はそういって、窓の外に目を向けた。最後のほうは独り言のようだった。

伝次郎は静かに茶を飲んだ。表から楽しそうな雀《すずめ》の鳴き声が聞こえてきた。

「旦那、見えました」

音松の声で伝次郎が顔をあげると、松田久蔵が八兵衛といっしょに店に入ってきたところだった。

「二人ともお揃いか。番屋に行ったらこっちだというのでな」

久蔵はそういいながら、伝次郎と直吉郎の前に座り、

「また、殺しがあったようだな」

と、眉根を曇らせた。

「下手人は同じかもしれません」

直吉郎はそういって、これまでの経緯《いきさつ》をかいつまんで説明した。

直吉郎は久蔵より二歳下である。また、先任同心を敬ってべらんめえ調ではなく、ちゃんとした言葉遣いをする。

「口封じ……たしかに、そう考えていいかもしれぬが、まったく関わりのないことかもしれぬ。親は五助とお吉といったな」

久蔵は静かに直吉郎を見て、伝次郎に視線を移した。

「親への嫌がらせとお考えで……それはないと思います」

伝次郎は答えた。

「だが、一応の調べはすべきだ」

「たしかに……」

殊勝に答える伝次郎だが、やはり現役の同心の考え方はちがうと感じた。

現場を長く離れている伝次郎は、物事を多角的に見ることを忘れていた。それに気づいたのだった。

久蔵はつづけた。

「彦九郎に恨みを抱いているような人間を調べてみたのだが、見当がつかぬ。そうはいっても、これはどうだろうかと思うあやしいものが何人かいた」

「それは……」

直吉郎がひと膝詰め寄って聞いた。

「ひとりは遠島刑を受け、大島《おおしま》に流された大田原金蔵《おおたわらきんぞう》という男だ」

「大田原……金蔵……」

つぶやいた伝次郎は、かすかな記憶があった。

「覚えているか……」

と、久蔵が見てくる。

「はっきりとは思いだせませんが、八年前に殺しの手伝いをしたという廉《かど》で捕まえた男だったのでは……」

「さようだ。人殺しの張本人は死んじまったが、金蔵は逃げていた。端《はな》から殺しの助をしたということはわかっていたのだがな。ところが、この金蔵の行方が半年ほど前からわからなくなっている」

「まさか、大島から逃げたというのでは……」

直吉郎が目をしばたたく。

「それもはっきりしておらぬ。人知れず死んだのかもしれぬし、島抜けをしたのかもしれんが……。もう少し調べてみなければわからぬ。それから、蝙蝠《こうもり》の安蔵《やすぞう》一家にいた祥三郎《しょうざぶろう》」

「そいつはおれが捕まえた男ですよ」

直吉郎が久蔵を見た。

「そうだったが、捕まえる前に彦九郎はその兄弟分を斬っている。芳吉《よしきち》という男だ」

「あれは仕方ないことです。ですが、祥三郎が酒井さんを斬れるとは思えませんが……」

「人を頼めばどうだ……」

この会話に伝次郎はついていけない。自分の知らないことである。

黙って耳を傾けているうちに、おおよそのことがわかった。

祥三郎は、賽子博奕《さいころばくち》の胴元で、負けた客に高利で金を貸していたが、借り逃げしようとした客を捕まえて半殺しの目にあわせ、金の代わりにその客の娘をカタに取ったのだった。

だが、娘はそのことを苦にして身投げをして死んでしまった。

酒井彦九郎がその娘の調べをしているうちに、蝙蝠の安蔵一家の祥三郎という名が浮かんできた。彦九郎は詳しい調べをするために引っ立てに行ったのだが、芳吉という祥三郎の兄弟分が長脇差《ながどす》を抜いて斬りかかってきた。

彦九郎は仕方なく、斬り捨てるしかなかった。

「最近、市中で祥三郎を見たというものがいるが、祥三郎は以前行方知れずだ」

「他にもいるんですね」

直吉郎は久蔵をまっすぐ見たまま訊ねた。

「もうひとり。こやつがもっともあやしいかもしれぬ。それは、山岡俊吉《やまおかしゅんきち》という浪人だ。直吉郎はあまり耳にしておらぬだろうが、彦九郎はこの男を捕り逃している」

「どんな罪を犯してるんです？」

「姦通《かんつう》だ。小普請《こぶしん》入りの御家人・高橋英之進《たかはしえいのしん》の妻・妙《たえ》を犯し、それを咎《とが》めた鈴木広之助《すずきひろのすけ》という侍を斬り捨てている。高橋英之進は恥辱にあった妻の悲運を嘆き、その責は自分にあると己を卑下《ひげ》し、喉を突いて果てている」

「……高橋殿の妻女はどうなったのです？」

「夫のあとを追うように自害だ。つまり、すべての因《もと》は山岡俊吉が作ったといってよい。彦九郎はその所業を許すことができず、ひそかに探索を進めていた」

久蔵はそういってから、当面あやしいのはその三人だ、と重ねて強調した。

「その三人は調べなければなりませんが、殺された日の酒井さんの足取りです。それはわかりましたか？」

伝次郎は訊ねたが、久蔵はゆっくりかぶりを振った。

四

さざ波を打つ浜町堀の水面が、きらきら輝いていた。

川岸に等間隔で立っている大きな柳の葉が、ゆっくり揺れている。伝次郎はその幹のそばに立って、浜町堀を眺めつづけていた。高砂橋のすぐそばだ。

「旦那、どうするんです」

音松が近寄って声をかけてきた。その姿が浜町堀に映り込んだが、朧気《おぼろげ》にゆらめいている。伝次郎は細いため息をつき、顔をあげて視線を空に向けた。

「下手人は周到だ。それでいて大胆だ」

「……たしかに」

「聞き調べをしても手掛かりが出てくるかどうか……」

「でもやらなきゃ、前には進みません」

「……もっともなことだ」

伝次郎は音松を振り返った。

まるみのある顔の中にある目が、いつになく真剣だった。

「おれはどうしても気になって仕方ねえことがある」

伝次郎はゆっくり歩きはじめた。

浜町堀を離れ、西のほうに足は向かう。まっすぐ行けば、芝居小屋のある二丁町だ。

「あの日の酒井の旦那のことですね」

「うむ」

応じる伝次郎は、内心で音松も察しがいいと感心する。

「それをまずは、しっかりたしかめたい」

「それじゃ八丁堀に……」

「ついてこい」

伝次郎は足を速めた。市村《いちむら》座や中村座のある前には人がたかっていた。芝居茶屋も賑わっており、着飾った若い娘や年増おかみの姿が目立った。贔屓にしている役者目当てに、芝居を見に来た客だ。

あちこちから呼び込みの声がひっきりなしだ。役者の名を染め抜いた幟《のぼり》がずらりと立てられており、青空に映えていた。二丁町を過ぎると急に静かになった。

伝次郎の足は迷いもなく、親父橋《おやじばし》、荒布橋《あらめばし》、江戸橋《えどばし》とわたっていった。ただ、海《かい》賊橋《ぞくばし》の手前で立ち止まり、小さく息を吐いた。

その橋をわたれば、町奉行所の与力・同心らの住まいがある八丁堀だからだ。この地に来るのは久しぶりのことだ。えもいえぬ高ぶりがあった。

しかし、その感情はすぐに消えた。酒井彦九郎の無念を晴らすためにも、下手人を挙げなければならない。それがせめてもの、彦九郎に対する恩返しである。

おそらく屋敷は通夜の準備に追われているはずだ。彦九郎の使っていた小者もいるだろうし、妻女や中間の甚兵衛《じんべえ》にも会えるはずだ。そのことにわずかな興奮と、懐かしいという感慨がわく。

与力・同心の出払った組屋敷地は静かだった。行商人とすらすれ違わなかった。

同じ江戸の町なのに、この土地に来るとなぜか身が引き締まり、気のせいかもしれないが、幼い頃から嗅《か》ぎ慣れた匂いが漂っている。

彦九郎の屋敷もひっそりしていた。木戸門を入ると、庭にいた小者の万蔵ががっちりした体を向けて、小さく会釈をした。

「大変なことになったな」

声をかけると、万蔵が近づいてきた。

「まさかこんなことになるとは思いもしないことで……」

「通夜の準備で忙しいだろう」

「いえ、あとは弔問《ちょうもん》の客が来るのを待つばかりです」

振る舞い酒の支度も終わり、料理は仕出しですませることになっているといった。

そんな話をしていると、粂吉という小者が家の中から出てきた。

「旦那、わざわざ来てくれたんですか」

「通夜には来られないからな。奥さんはいるか？」

「へえ、家の中にいます」

「おまえたちに、あとで聞きたいことがある」

伝次郎はそういうと、玄関に入って座敷に座っていた彦九郎の妻・久江《ひさえ》に挨拶をして、向かいあって座った。

「わざわざお運びをいただきありがとうございます」

「酒井さんにはいろいろお世話いただいておきながら、なにもお返しできぬままでした」

伝次郎はそういって、昨夜から用意していた香典を久江にわたした。久蔵か直吉郎に頼んでわたしてもらおうと思っていたが、手わたせてよかったと思った。

久江は年齢もあるが、憔悴《しょうすい》した顔をしていた。しわも増え、目の下には隈《くま》ができていた。夫の死の衝撃が応えているようだ。

座敷には小さな祭壇が設けられ、延べられた布団に彦九郎の遺体があった。町奉行所で検死が行われたので、遺体が帰ってきたのは昨日の夕刻だったと久江が話した。

「顔を……」

伝次郎は彦九郎の顔にのせてある白布を剝いで、顔を拝んだ。安らかだった。生きていたときと変わらず、口許に人を包み込むような笑みが浮かんでいた。

「傷は……」

伝次郎は遠慮がちに久江に聞いた。

「脇腹と肩、それから背中を斬られていたそうです。わたしはとても見ることができませんので聞いただけで……脇腹の傷がもっとも深かったということでした」

久江は声を詰まらせ気味に話した。

(下手人はただものではないな)

伝次郎はそう思った。

彦九郎はずんぐりした体の持ち主だったが、そこは定町廻り同心であるから、剣の腕は並みではなかった。鍛錬も怠る人間ではなかった。そんな男を下手人は倒しているのだ。

「災難にあった日のことですが、酒井さんはどこへ行くとか、そんなことは話されていなかったのですか？」

伝次郎は本題に入った。

「いいえ、なにも……」

「以前はそんなことはなかったのでは……」

「年を取ってきて、いちいち行き先を告げて出かけるのが面倒になったんでしょう。わたしはそれぐらいにしか考えておりませんでした」

伝次郎は眉宇《びう》をひそめた。

「それはいつ頃から……」

久江は短く視線を彷徨《さまよ》わせてから、

「三月か四月ほど前ぐらいだったかしら……そう考えてみればおかしなことですね」

と、不思議そうな顔をした。

「何か変わったことはありませんでしたか？　どんなことでもかまいません」

伝次郎はまっすぐ久江を見る。久江は短く思案顔をしたが、

「さあ、とくに変わったようなことはなかったと思いますが……」

と、首をかしげながら伝次郎を見て、言葉を足した。

「伝次郎さん、まさか夫のために……」

「じっとはしておれませんから。通夜にはこられないと思っていたのですが、こうやって奥さんと酒井さんに会えたのはよかったです。残念でなりませんが……」

伝次郎はもう一度彦九郎の遺体に目を注ぎ、久江に丁重に頭を下げた。

表に出ると、万蔵と粂吉から話を聞いたが、久江と同じようなことしか聞けなかった。

それに、二人ともその日は非番だったので、朝は会っていないという。そこで中間の甚兵衛を呼んでもらい話を聞くことになった。

「おまえは酒井さんの身のまわりの世話をしていた男だ。なにか気づいたことはなかったか……」

甚兵衛は痩せた体を落ち着きなく動かし、すっかり薄くなっている頭を搔いて、

何かを躊躇《ためら》った。

伝次郎は目を光らせた。

「何かあったんだな」

「いえ、あったというんじゃありませんが……こんなことをいっていいかどうか」

「話せ」

伝次郎は一歩詰め寄った。

「その、ときどきお帰りになったとき、かすかに女の匂いといいますか、白粉《おしろい》のような匂いのするときがありました。いえ、そりゃ旦那さんも男ですから、そんなところに出入りされてもおかしくはありませんし、酌をしてくれた女の匂いが移っていただけかもしれませんが……」

伝次郎が信じられないようにまばたきをすれば、万蔵と粂吉は顔を見合わせた。

「万蔵、粂吉、酒井さんの行きつけの店は知ってるな。そこに女はいるか？」

「あっしらが知ってる店には、年増の女しかいません。本材木町《ほんざいもくちょう》の花蝶《かちょう》という店です。旦那もご存じでしょう」

万蔵が答えた。

花蝶なら伝次郎も知っている。女将はあかるい気性で客をいい気分にしてくれるが、大年増で色気はない。化粧もぞんざいだし、匂い袋を持つような柄でもない。

「他に女のいる店があるんじゃないのか……」

伝次郎は万蔵と粂吉を交互に見るが、二人とも色気のある店には行かないし、彦九郎もそんな店は避けていたと口を揃える。

「贔屓にしている店があれば、酒井さんの気性だから、おまえたちを連れて行っているはずだな」

彦九郎とはそんな男だった。しかし、甚兵衛のいったことは気になる。

「甚兵衛、それは何度もあったのか？」

「まあ、気づいたのは三度か四度か……」

「最初に気づいたのはいつだ？」

「さあ、四月か三月前だったでしょうか……」

伝次郎は片眉を動かした。

妻の久江も、三、四ヵ月前から、彦九郎が行き先を告げずに出かけるようになったといった。

「甚兵衛、件《くだん》の日に酒井さんはどこへ行くとかそのことは、おまえにも告げていないんだな」

「はい、昼過ぎに遅くはならないといってお出かけになりました。まったく普段と変わりませんでしたので、なんの心配もしなかったのですが……」

「行き先を告げずに出かけることは、しばしばあったのか？」

「以前はちゃんと告げて行かれましたが、ここしばらくは億劫《おっくう》がっておられました。しつこく聞くと、いちいち面倒なことをいうな、子供じゃないんだと叱られまして……」

「それも、四月ほど前からではないか？」

「……………そういわれると、そんな気がします」

甚兵衛は思いだすような顔で答えた。

五

「女かもしれねえ」

彦九郎の屋敷を出て歩く伝次郎は、つぶやきを漏らした。

「でも、酒井の旦那にかぎって……」

ついてくる音松が首をかしげる。無理もない。彦九郎は妻思いの男だったし、浮き名を流せるほどの男ぶりでもなかった。軽忽ではあったが、根っからの定町廻り同心で、曲がったことが嫌いな男だった。

「わからねえ。酒井さんだって同じ人間だし、男だ。女に惑わされてもおかしくはない」

「しかし、もう結構な年だったんですよ」

「音松、年だというが、五十にはまだ間のあるはたらき盛りだったんだ。あっちだって元気だったはずだ。もっともこんなことは、奥さんには聞けねえが……」

二人は海賊橋をわたり八丁堀をあとにした。そのまま高砂町に戻るつもりだ。

「殺しには女がからんでいる、と……」

江戸橋をわたったところで、音松が顔を向けてきた。

伝次郎はわからないと首を振る。周囲には人の往来が増えていたが、伝次郎の目には見えていなかった。

影も形も見えない下手人の像を、頭に思い描こうとするが、さっぱり浮かんでこない。

「松田さんと中村さんに会ったら、奥さんと甚兵衛から聞いた話をする。あの二人、どう思うだろうか……」

独り言のようにいう伝次郎は、犯行現場周辺の聞き込みを他のものにまかせ、事件当日の彦九郎の足取りを追おうと考えていた。

中村直吉郎と松田久蔵の二人に会えたのは、それから半刻後のことだった。

「なんだって……」

甚兵衛から聞いたことを伝次郎が話すと、直吉郎が切れ長の目を大きくして驚き、

「まさか、彦九郎に女がいたとは、どうにも考えにくいことだ」

と、久蔵も信じられないという顔をした。

「しかし、甚兵衛の話を見過ごすことはできません。それに、酒井さんは奥さんと甚兵衛に三、四ヵ月ほど前から、行き先を告げずに外出をするようになっています」

「まあ、それは気にはなるが、女の匂いがねえ。……ふむ」

久蔵は取りだした煙管をつかんだまま、窓の外に顔を向けた。

伝次郎たちは梅庵《うめあん》という蕎麦屋《そば》で、早めの腹ごしらえをすませたところだった。

「あの晩、酒井さんは浜町堀の向こうから、あるいは浜町堀の北の方角から歩いてきたと考えられます。殺された順吉は、頭巾を被る男を高砂橋そばで見ていますからね」

「そう推量するのが常道《じようどう》であろう」

久蔵が相づちを打つようにうなずいた。

「わたしは酒井さんの、あの日の足取りを調べようと思いますが、そっちのほうをまかせてもらえませんか」

久蔵は一度直吉郎を見てから、

「よかろう」

といった。

「それでこっちの調べだが、まだこれといった手掛かりも出てこなきゃ、話も聞けていない。聞き調べはつづけるが、それも明日には片づくだろう」

「それまでになにか出てくりゃいいんですが……」

直吉郎は顔をしかめて、茶をすすった。

あまり期待は持てそうもないという表情だった。

「とにかくじっとしてる場合じゃない。さあ、つづきだ」

久蔵が膝をたたいて腰をあげた。

伝次郎は店の表で、久蔵と直吉郎と別れ、音松を連れて高砂橋まで行ったところで立ち止まった。

「どっちだと思う？」

聞かれた音松は、橋の向こうと河岸道の北へ目を向けて顔を戻した。

「橋の向こうは武家地ですが、堀沿いに北へ行けばすぐ町屋です。そのずっと先には両国もありますねえ」

たしかに両国界隈には色っぽい店がある。

「だが、両国とはかぎらないはずだ。この河岸道沿いにもそれっぽい店はある」

「……一軒一軒あたるのは難儀《なんぎ》ですよ」

「どう絞るかだ」

伝次郎はそう応じながら、どうやって手をつけていこうかと、めまぐるしく頭ををはたらかせていた。

「手分けしてやりますか?」

音松が提案した。

「そうしてもよいが、今日はいっしょにまわろう。こっちだ」

伝次郎はそういって高砂橋をわたった。

橋の先は小笠原相模守《おがさわらさがみのかみ》の上屋敷だ。右に行けば、やはり大名家の屋敷がつづく。彦九郎がそっちへ行っていたというのは考えにくい。

自然、伝次郎と音松の足は左へ向かう。

久松町《ひさまつちょう》に入ると、そこから町屋が広がる。

「店の女だと思い込みがちだが、じつはそうじゃなかったのかもしれねえ。そのことを頭に入れておけ」

伝次郎は自分にいい聞かせながら音松にいう。

「へえ。それで酒井の旦那が、昼過ぎに屋敷を出たということは、早くからやっている店ってことになりはしませんか……」

「酒井さんに、もし女がいたとしたら、どうやって知り合ったかだ。まずはそのことを頭に入れてあたっていこう」

地味な聞き込みになるのを覚悟で、伝次郎は探索を開始した。

六

「平次さん、その辺でちょいと休みましょう」

聞き込みに疲れてきた丈太郎は、少し先にある茶店を見て誘った。平次もそうするかと同意する。

浜町堀沿いの商家や長屋の木戸番などを片端からあたり、順吉殺しの下手人を見たものがいないか訊ね歩いているが、さっぱりである。

「こりゃあ見つかりませんよ」

丈太郎は茶に口をつけてぼやいた。

「まだはじめたばかりだ。あっさりあきらめちゃならねえよ」

平次は帯に下げている煙草入れを探って、煙管に火をつけた。

「あきらめてるってんじゃないですけど……」

「なんだってんだい？」

「順吉を殺したやつと、酒井の旦那を殺したやつが同じなら、酒井の旦那殺しに的を絞ったほうがいいでしょう」

「そんな単純なことじゃねえさ」

「なにも小難しく考えねえほうがいい気がしますがね」

丈太郎は平次の横顔を眺めた。

瓢簞面を浜町堀の対岸に向けて煙管を吹かしている。その煙が風に流されて、丈太郎の顔にあたった。

「旦那たちは小難しく考えてるわけじゃねえさ。手抜かりがねえように、気になることをひとつずつ片づけていってるだけだ。そうしねえと、大事なことをうっかり見落とすってことがある。回り道のようで、じつはそうじゃなかったってことはよくあることだ」

丈太郎は、わけ知り顔でいう平次をにらむように見て、茶をぐびりとあおった。

なんだかおもしろくなかった。何か口にすれば、平次はそのことにケチをつけたり、説教じみたことをいう。

こんなことなら、ひとりで聞き込みをやったほうが楽だと思う。妙に癪《しやく》に障《さわ》るのだ。

「平次さんは、中村の旦那について長いんですか？」

「短くはねえな。かれこれ八年は世話になってる」

「その前はなにやってたんです？」

平次が瓢箪面を向けてきた。

背が高いので、丈太郎は見下ろされる恰好だ。

「どうしてそんなことを……気になるか？」

「まあ」

「おまえはなんで手札を預かったんだ。おまえの旦那は、北町の嶋田さんだったな」

丈太郎は質問を返されて、またむっとなった。おもしろくない。

（おれが聞いてんじゃねえか）

腹の内で毒づいたが、素直に話すことにした。

「やくざを半殺しにしたんです」

「……やくざを」

平次が驚いたように見てきた。

「女房に逃げられたあとで、気が立ってましてね。そんなときに喧嘩を売られちまって、タガが外れたっていうんですか……」

「それで目こぼしを受けたのか?」

「そういうことです。仕事もしてなかったし、おれがいま預かってる町の岡っ引きが死んだあとだったってのもあったはずです」

「死んだのは林蔵《りんぞう》という男だったな」

「知ってるんで……」

「知らねえわけがねえ。旦那についてまわってりゃ、だいたい江戸のことはわかる。林蔵は酒の飲み過ぎだ。昔から肝の臓を悪くしてた。それで、おまえはなんの仕事をしてたんだ?」

「仕事師です」

鳶職人のことである。つまり町火消《まちびけ》しなのだが、火事のない暇なときは、普請場の手伝いや足場かけをしたり、町内のどぶ浚《さら》いや掃除をすることからそう呼ばれていた。

「どこの組だ？」

「北組です」

「すると、本所のほうか……それで、仕事師をやめてこっちに越してきたってわけか」

「まあ、そんなもんです。で、平次さんはなんで小者に……」

「おれは旦那に頼み込んでなっただけだ。目こぼしを受けて手先になるものが多いようだが、誰もがそうだというわけじゃねえ。まあ、その前は棒手振《ぼてふり》だったんだが……」

「そうだったんだ」

「さ、道草は切りあげだ。やるぜ」

平次がすっくと立ちあがったので、丈太郎もあとにつづいた。

着物の柄はちがうが、二人とも股引に着物を尻端折《しりっぱしょ》りしている。帯に十手を挟んでいるので、町のものはすぐにどんな人種なのかわかる。

丈太郎は前を歩くのっぽの平次の背中を見て思う。おれはあんたには負けねえぜ。

必ず下手人の尻尾《しっぽ》をつかんで手柄を立ててやる。

（へへッ、おれを甘く見るんじゃねえぜ）

生来の負けず嫌いも手伝って、丈太郎はやる気になった。

しかし、その日の聞き込みでわかったことは何もなかった。

七

丈太郎が難波町にある自宅長屋に帰ったのは、日がすっかり翳《かげ》った暮れ六つ（午後六時）過ぎだった。

探索の成果がなかったせいか、妙にけだるい疲れがあった。丈太郎に指図をしている南町の同心たちの探索もはかばかしくなかったようで、明日からの打ち合わせを簡単にするといって帰っていった。

もっとも二人の同心には、殺された酒井彦九郎の通夜に出るという用事があったせいもある。

丈太郎が上がり框《かまち》に座って濯《すす》ぎを使っていると、戸口にぬっと人の顔があらわれた。

「ひッ」

驚いたのはあまりにも突然だったし、気を緩めていたせいもある。

「なんだおめえか。脅かすんじゃねえぜ」

やってきたのは、下っ引きの晋五だった。

「親分、びっくりしすぎですよ」

「うっせえな、で、何かわかったのか？」

丈太郎は雑巾を放り投げて、晋五を見た。

「わかったことは何もないんですが、親分を探している人に会ったんです」

「おれを探しているやつ……誰だ、そりゃ……」

家の中が暗いので、丈太郎は行灯をつけに居間にあがった。

「名前はいわなかったんですけど、あんまり柄のいい人じゃありませんでしたよ」

丈太郎は行灯をつけると、そばに落ちていた団扇《うちわ》を拾いあげて晋五を振り返った。

「名前も名乗らずおれを探していたってェのか……」

「なんだか親分のことに詳しかったですよ。もとは本所の火消しで、女房に逃げられて……あ、おれがいったんじゃないですからね」

丈太郎はあおいでいた団扇を止めて、少し考えた。

「おれが岡っ引きをやってるってことも知ってたのか？」

「さあ、それはどうか……」

晋五は首をかしげる。

「おれがここに住んでるってことを話したんじゃねえだろうな」

丈太郎はいやな胸騒ぎを覚えた。

「それは教えてません。おれはすっとぼけましたから……。でも、ほうぼうを聞きまわっているふうでした」

（まさか、万平《まんぺい》一家のものじゃねえだろうな……）

本所三笠町《みかさちょう》に万平という男の率いる博徒《ばくと》一家がある。丈太郎はその子分のひとりを半殺しにしている。以来、万平一家には近づかないようにしているし、一家も自分のことは知らないはずだった。

（それに、もうほとぼりも冷めているはずだ）

だが、気になるものは気になる。

「おれを探していたやつのことを、もっと詳しく教えろ」

丈太郎はあぐらを組み替えて、もう一度団扇をあおぎはじめた。

「詳しくですか……。そうですね、背丈は親分ぐらいで年も親分ぐらいかな。あ、そうだ。右の顎の上のほうに、引き攣《つ》れたような古傷がありました。耳の下あたりです。目つきはおっかなかったですよ。やくざっぽかったし……」

丈太郎は無表情になっていた。

そんな男に覚えはないが、いやな胸騒ぎがますます強くなった。

「晋坊、そいつに会ったのはいつのことだ？」

「つい半刻ほど前ですよ」

のんきな晋五は、さらりといって言葉を足す。

「それより親分に頼まれていたことですがねえ」

「おう、どうだ」

「さっぱりです。頭巾を被った男を見たって人は何人かいましたが、どこから来てどこへ去ったかなんて、さっぱりわかりませんで……」

「そういわずに、あきらめねえで明日もやってくれ」

「へえ、じゃあまた来ます」

晋五はそのまま家を出て行った。

心太《ところてん》の箱を吊した天秤棒を担ぐ晋五の影が、腰高障子《こしだか》に映り込んだ。その影が消えても、丈太郎の不安は消えなかった。

晋五の口ぶりはそうではなかったが、自分を探している男は、尋常ではない気がする。それに、やくざっぽかったというが、おそらくやくざだろう。

(顎に引き攣れたような古傷……)

丈太郎は自分の右顎を、そっと撫でた。

(おれを探している男は、少なからず本所時代のおれのことを知っている)

胸中でつぶやく丈太郎は、迷い込んできた一匹の蛾《が》を目で追いながら考えた。

(ひょっとすると、まだ近くをうろついているかもしれねえ)

そう思った丈太郎は、相手がどんな男なのかこっちから見つけてやろうと思った。

長屋の家を出たのはそれからすぐだった。路地はすっかり暗くなっており、隣近所の家のあかりが漏れている。

空に細くなった月と、無数の星が浮かんでいた。

「おい、ちょいと」

声をかけられたのは、長屋を出てしばらく行ったところだった。

丈太郎が振り返ると、二人の男が立っていた。見るからにその筋のものだとわかった。ひとりの男の顔半分が、そばの軒行灯のあかりを受けていた。

「あッ」

丈太郎は小さな驚きの声を漏らすなり、顔をこわばらせた。

第三章　見えない影

一

「丈太郎、久しぶりだな。元気そうじゃねえか」

男は口許に冷ややかな笑みを浮かべて近づいてきた。元本所北組の火消し人足・公三郎《こうざぶろう》だった。丈太郎と同じ北組十二組にいた男だ。

「こりゃどうもご無沙汰で」

丈太郎は応じながら、公三郎の後ろにいる男をちらりと見た。右顎に古傷が見えた。

（こいつがおれを探していたのか……）

晋五から聞いた男にちがいなかった。

「おまえに頼みがあって来たんだ。こっちに越しているってェのは聞いていたが、探すのに往生したぜ。おう、紹介しておこう。こっちはおれの仲間で、為蔵《ためぞう》というんだ。これから先なにかと世話になるだろうから、よしなに頼むぜ」

「これからって……」

「まあ、堅いことというんじゃねえ。じつはよ、折り入って相談があるんだ」

公三郎はまわりの店を物色《ぶっしょく》するように視線を動かした。すぐ脇に小さな居酒屋があった。その軒行灯のあかりが、公三郎の顔を赤く染めていた。

「どっか静かなところで話がしてえんだが、ねえか？　おりゃあ、こっちには疎《うと》いから案内してくれねえか」

丈太郎は短く迷った。

公三郎は質《たち》の悪い男だ。火消し人足にはいろんな人間がいたが、公三郎は性悪《しょうわる》なところがあり、同じ組内でも嫌われていた。

しかし、自分が嫌われているというのを逆手にとって、気に入らない人足仲間を〝罠《わな》〟にはめて、つるし上げたり、夫婦仲を割いたり、盗人に仕立てて困らせたりしていた。

　やり方はいろいろだった。濡《ぬ》れ衣《ぎぬ》を着せる、ありもしない噂を流す、自分で盗んだ財布を他人の家に投げ込むなどと、上げたらきりがない。相手があきらかに自分より非力なら、そっと呼びだしてなぶり者にする。

「どうした。気の利いた店の一軒や二軒はあるだろう」

　丈太郎が考えていると、公三郎が馴れ馴れしく肩に手を添えてくる。断ってもよかったが、そうすれば公三郎はしつこくまとわりつくだろう。それは面倒だ。

　また、自分が十手を預かっていることを打ち明けてもよかったが、丈太郎の心の内に、ある種の冒険心もわいていた。

　公三郎の相談は、どうせいいことではないはずだ。とりあえず話を聞き、場合によっては悪計《あっけい》を暴き縄を打ってもいいかもしれない、とそんなことを考えた。

「ちょいと歩きますが、ついてきてください」

　丈太郎は自分の縄張りから離れることにした。縄張り内の店には顔が知れわたっているので、そうでない他の町に行くことにした。

　公三郎は歩きながらいまはどんな仕事をしているんだ、と聞いてきた。

「まあ、いろいろと頼まれ仕事がありましてね」

「頼まれ仕事ねえ……」

「使いっ走りみたいなもんです」

丈太郎はそう濁した。

案内したのは村松町《むらまつちょう》にある三河楼《みかわろう》という小体《こてい》な料理屋だった。一度、来たことのある店で、品と格式を感じさせる割には、料金が安かった。

愛想《あいそ》よく迎えてくれた店の女は、公三郎と為蔵を見て一瞬、笑みを消したが、すぐに商売用の顔を取り戻した。

「奥を使わせてくれるか」

丈太郎は店の女にそういって小座敷に案内させた。そこなら内密な話も、人に聞かれる心配がなかった。

注文した酒と肴《さかな》が小座敷に運び入れられると、公三郎は人払いを女中にいいつけた。それから、のらりくらりと世間話をしながら酒を酌み交わした。

「それでおれに相談があるといいましたね。いったいどんなことで……」

丈太郎は頃合いを見計らって訊ねた。埒《らち》のあかない話をしているうちに、いたずら心は消え、早く話を聞いて引きあげたくなっていた。

「いい仕事にありついたみてえだな」

公三郎はそれまで浮かべていた笑みを引っ込めて、丈太郎をにらむように見た。

「頼まれ仕事の使いっ走りか……たしかにそんな仕事だろうが、なんで誤魔化すようなことをいいやがる。昔の仲間じゃねえか」

丈太郎は顔を緊張させた。公三郎は自分のことを知っていたのだ。あるいは、探しているうちに、岡っ引きになったことを知ったのかもしれない。

「あんまり大っぴらにしたくないんですよ。それに、おれは昔のおれとはちがいますから……」

「そりゃどういうことだい？」

公三郎は盃を置いて見てくる。

「御番所の仕事をしてるんです。与太《よた》っていた火消し時代とはちがうってことです。それで、どんな相談なんです。これでも忙しい身ですから、手短にお願いできればありがたいです」

「生意気なことをいうようになったな。ま、いいだろう」

公三郎は盃をゆっくり口許に持ってゆき、舐《な》めるように酒を飲んだ。

「お咲《さき》って女がいる」

「お咲……」

丈太郎は眉宇をひそめた。別れた女房の名もお咲だった。

「年は二十四だが、なかなか見目のいい女だ。この辺にちょいと色っぽい黒子《ほくろ》があってな……ふふ、そういやァわかるだろう」

公三郎は左目の端を指でつついて、にやりと笑った。

丈太郎は表情をかためた。別れた女房だ。

「お咲がどうかしましたか……」

丈太郎は内心の動揺を隠して酒に口をつけた。お咲にはいまだに未練があった。できることなら、縒《よ》りを戻したいと思っていた。

「悪い男に引っかかっちまってな」

「悪い男……」

丈太郎は盃から顔をあげて公三郎を見た。

「質《たち》の悪いやくざだ」

「……」

「本所花町《はなまち》の錦次郎《きんじろう》っていやわかるだろう。まあ、年は食っちゃいるが、あの辺ではちょいとした顔役だ」

「お咲が錦次郎に引っかかってるってんですか」

「お咲はおめえと縒りを戻したいらしい」

丈太郎は目をみはった。

「……そりゃ、お咲がそういってるんですか」

「他にそんなことというやつはいねえだろう」

公三郎は貝の佃煮《つくだに》を指でつまんで口に入れ、その指をねぶった。

「もし、おめえがお咲を取り戻したかったら、五十両用意しな。花町の錦次郎親分はそれで手を打つといってる。金ができなきゃ、お咲は地獄行きだ。まあ、おめえと縁の切れた女だ。未練がなけりゃ、この話はなかったってことだ。だが、お咲はおめえとやり直したいといってる」

公三郎はくちゃくちゃと口を動かして、酒を飲んだ。

丈太郎の胸は騒いでいた。お咲が自分と縒りを戻したいといっている、やり直したいと……。にわかに信じられないことだが、もしほんとうなら嬉しいし、自分もやり直したい。今度こそ大事にして、幸せにしてやりたいと思っている。

(だが、五十両……)

大金だ。そんな金はすぐには作れない。

「あの、お咲に会うことはできるんですか。会って話をさせてもらわないことには、なんとも返事のしようがありません」

「そう来るだろうと思ったよ。いつでも会えるさ。明日でも明後日《あさって》でも」

「どこへ行きゃいいんで……」

「錦次郎親分の家だ」

公三郎はそういうと、もう話は終わったとばかりに腰をあげた。ずっと黙っていた連れの為蔵に顎をしゃくって「帰るぜ」という。

「ちょいとお待ちを……」

丈太郎は引き止めようとしたが、公三郎は他に話をすることはない、と突き放すようなことをいってさっさと引きあげていく。

丈太郎は慌てて勘定を払い、公三郎を追いかけた。公三郎が花町の錦次郎の子分になったのか、それとも組んで仕事をしているのかはわからないが、お咲のことをもう少し知りたかった。

二

「旦那、あれは……」

伝次郎は音松に声をかけられて立ち止まった。音松が促すほうを見た。

そこは橘町《たちばなちょう》二丁目と三丁目の境になる四つ辻だった。その辻の角店のそばで、立ち話をしている三人の男がいた。

「ありゃ丈太郎という岡っ引きじゃ……」

音松がつぶやく。

たしかにそうだった。角店の軒行灯はあかるく、丈太郎の顔を浮きあがらせていた。眺めていると、丈太郎は二人の男に何度も頭を下げ、深く腰を折って二人を見送った。

その二人が振り返って、伝次郎と音松のいる三丁目のほうに歩いてくる。丈太郎はすぐに歩き去って見えなくなったが、伝次郎はやってきた二人の男をそれとなく眺めた。

一目見て堅気《かたぎ》ではないとわかった。胸元をはだけるように広げ、肩で風を切って歩いてくる。褒められるような目つきでもない。

二人はそのまま伝次郎と音松とすれ違って歩き去った。

「見た顔じゃないですね」

音松がちらりと背後を振り返ってからいった。

「ああいう連中はそこら中にいるからな。それにしても、丈太郎がなんであんな男に頭を下げていたのかが気になる」

「聞き調べをしてたんじゃ……」

「だったら熱心なことだ。それにしてもさっぱりだな」

伝次郎は小さなため息をついた。酒井彦九郎の足取りを追っていたのだが、なんの手掛かりもつかめなかった。

「松田と中村の旦那はどうなんでしょう……」

「さあ、どうかな。とりあえず番屋に戻ってから、引きあげるとするか」

二人はそのまま高砂町の自身番に戻ったが、なんの手掛かりも見つからないということがわかっただけだった。

伝次郎と音松が、高砂町の自身番を出たときは、すでに宵五つ（午後八時）をまわっていた。

「飯でも食ってくか……」

伝次郎が誘うと、音松は待ってましたといわんばかりの顔を向けてきた。

立ち寄ったのは、入江橋《いりえばし》に近い難波町の小さな居酒屋だった。

「明日もあるから酒は控えめにしよう」

伝次郎は音松に釘を刺してから、銚子二本を注文した。音松はウワバミである。伝次郎も弱くはないが、音松ほど強くはない。

烏賊《いか》の塩辛に帆立《ほたて》と茄子《なす》の煮物を肴に、明日からのことを相談しあった。

「あたるだけあたってはみたが、こうも引っかかりがないと、なにか他の手を考えなきゃならねえ」

伝次郎は塩辛をつまんで盃を口に運んだ。

その日、伝次郎と音松は久松町の飯屋から小料理屋などを片端から訪ね歩いていた。両国広小路に近い米沢町《よねざわちょう》まで範囲を広げ、それとおぼしき店をあたったのだが、件の日に酒井彦九郎が来たという話は聞けなかった。

また、店によっては彦九郎のことを知っているものもいて、殺されたと知り大いに驚き、聞き込みに協力的になってくれた。

だがしかし、件の日に彦九郎を見たというものはいなかった。

「明日は神田のほうまで足をのばしますか……」

「あたっていく必要はあるが、酒井さんの人相書《にんそうがき》と似面絵《にづらえ》を作ろう。それを持って歩いたほうが早い。そうすりゃ、どっかで引っかかりが出てくるはずだ」

「あっしも人相書のことは考えていたんです」

音松はそういって酒をほし、伝次郎に酌をする。

「でも旦那と今日一日いて、昔を思いだしました。昔はよく歩きましたからねえ」

「たしかに……」

「いろんなことがありましたねえ」

「そのいろんなことを、今度の一件に活かさなきゃならねえ」

「おっしゃるとおりで……」

伝次郎は他愛ない会話をしながら、松田久蔵が挙げた三人の男のことを考えていた。いずれも彦九郎に意趣《いしゅ》を持っていると思われるものたちだ。しかし、その三人の居所ははっきりしていない。

件の日の彦九郎の足取りがつかめなければ、その三人を順繰りにあたっていくことになる。おそらく久蔵と直吉郎は、高砂町周辺の聞き調べを二、三日内で切りあげるはずだ。その間に強力な手掛かりをつかむことができればよいが、そうでないと探索は長引く可能性がある。

短時日で下手人に行き着きたいという思いは誰しも同じだが、

(意外に厄介かもしれぬ)

と、伝次郎には予感めいた思いがあった。

酒と肴を平らげると、伝次郎と音松は茶漬けをすすり込んで店を出た。

「おまえは向こうだろ。ここでいい」

伝次郎は永代橋《えいたいばし》を使うはずの音松にいったが、

「新大橋を使ったって大したちがいはありません。いっしょに帰りましょう」

と、そばを離れたくない様子である。

むげにはできないので、伝次郎は音松といっしょに新大橋をわたって家路についた。

三

自身番はどこもそうだが、決して広くはない。

戸口を入ると土間と三和土《たたき》があり、その先に六畳あるいは四畳半の部屋。これが町雇いの書役や番太《ばんた》らの詰め所だ。その部屋の奥に二畳ほどの板の間がある。ここには犯罪者を一時拘留できる手鎖《てぐさり》などがある。

高砂町の自身番も同じような造りであるから、五、六人も入れば窮屈な空間になる。

その朝、丈太郎が行ったときには、すでに同心の松田久蔵と中村直吉郎の顔があった。二人には小者がそれぞれついているし、元同心だった沢村伝次郎が加わっているので、自身番はいっぱいである。

丈太郎や小者たちは自然、表で待たされるか、土間に控えるしかない。久蔵と直吉郎は、雪駄《せった》を脱いで上がり込んでいたが、伝次郎は上がり框に腰掛けていた。

彼らは昨日の調べの報告と、今日の探索をどう進めるかを話しあっていた。丈太郎は戸口に立って、その話に耳を傾けていた。

「それじゃ、さっそく似面絵の手配をしよう。それに人相書を添え書きすればいい」

伝次郎の提案を受けた久蔵が、そういって小者の八兵衛にうなずいた。それで意思は通じたらしく、八兵衛はひとっ走りしてきますといって自身番を飛びだした。

「それで昨日教えてもらった三人の男のことですが、どうします？　こっちの探索とあわせて探る必要があると思いますが……」

伝次郎がそういって、久蔵と直吉郎を眺めた。

「むろん、調べなければならぬが、厄介なことに三人ともたしかな居所がわかっておらぬ。こっちもあっちもと猫の手も借りたいほどだが、まずはこの界隈の聞き調べを徹底しようと思う」

久蔵の言葉を引き取った直吉郎が、

「酒井さんの人相書も今日のうちには揃うだろう。それで調べに弾みがつくはずだ」

といって、ずずっと音をさせて茶を飲んだ。

「伝次郎、他になにかあるか？」

久蔵が伝次郎を見る。

三人のやり取りを静観しながら控えている丈太郎は、沢村伝次郎という男に興味を覚えていた。いまは船頭だというが、体つきも目つきも、二人の同心よりなんとなく本物っぽいと感じるのだ。それに一言一言発する言葉にも慎重さと、思慮の深さを感じる。

また、直吉郎と久蔵が、伝次郎を信頼しているのがよくわかった。

「酒井さん殺しもそうですが、順吉殺しもおろそかにできません。それに、下手人が同じだというのも、一度忘れるべきかもしれません」

「伝次郎、そうはいうがどう考えても同じだろう。もっともおれがそう思い込むのが危ねえのかもしれねえが……」

直吉郎が切れ長の目をますます細くして、爪楊枝を嚙んだ。

「一度、切り離して調べる必要もあると思うんです」

「そうだろうが、まずは徹底しての聞き調べだ。それに二つの件を切り離して調べるといっても、大まかにその地域は重なっているのだ」

久蔵がそう話をまとめて、早速探索にかかることになった。

「丈太郎といったな」

自身番を離れてすぐ声をかけてきたのは伝次郎だった。

「へえ」

「おれと組んでやろうか。音松もいっしょだが、どうだ？」

伝次郎は人を包み込むような眼差しを向けてくる。うまく説明はできないが、丈太郎はなんだか嬉しかった。伝次郎にはえもいえぬ頼もしさがある。

「はい、そうしてもらえるとありがたいです」

「おれも音松も、いまはこういう調べ事から手を引いている男だ。三人寄れば何とかの知恵というだろう。いい考えや閃きが浮かぶかもしれねえ」

丈太郎は、そういって浜町堀沿いを歩く伝次郎のあとにしたがった。広い背中だ。着流しに大小を差しているだけだが、初めて会ったときから、人の心をとらえて離さない男のような気がしていた。実際、そのようだ。

「沢村さんはどこに舟を置いてるんです?」

丈太郎は肩を並べて聞いた。

「本所だ。六間堀につないでいる。以前は、小名木川のほうだったんだが……」

丈太郎は本所と聞いて、ドキッとした。

昨日、公三郎にいわれたことがあったからだ。縒りを戻したいといっているらしいお咲が、本所花町の錦次郎というやくざの親分に引っかかっている。すぐにでも連れ戻しに行きたいが、五十両の金がいる。

(五十両……)

そんな金など逆立ちしたってできない。

だが、何とかしなければならない。昨夜はあれやこれやと、いろんなことを考えて眠れない夜を過ごしていた。

「すると、住まいは本所のほうってことですか……」

「本所松井町《まついちょう》だ。音松は深川佐賀町だ。そこの先で、ちょいとこれからのことを話しあうか……」

伝次郎はそういうと、元浜町《もとはまちょう》の河岸地にある茶店に入った。

「昨日の調べのことは、さっき番屋で聞いただろうから、だいたいわかっていると思うが、今日は飲み屋や飯屋だけでなく、矢場《やば》や水茶屋《みずぢゃや》もあたる。そっちのほうを丈太郎と音松でやってもらいたい」

「旦那は……」

音松が伝次郎に顔を向けた。

「おれは酒井さんが最近手がけていた判じ物を調べてみる。そっちのほうにも手掛かりがあるような気がするんだ」

「だったら松田と中村の旦那のほうが詳しいんじゃ……」

丈太郎はそういったが、伝次郎はゆっくりかぶりを振った。

「町方の人間は他の同心が手をつけていない調べ物を、ひとつや二つは持っている。いつもそうだとはいわねえが、ひょっとすると酒井さんも単独で調べていたものがあったかもしれねえ」

「万蔵や条吉は何もいってませんでしたが……」

音松だった。

「ごたついていたから、そこまで聞かなかっただけだ。今日の野辺《のべ》送りが終わったら、二人に会ってもう一度話を聞く」

「それじゃ、あっしと丈太郎で聞き調べをしておきますが、どこで落ち合います？」

伝次郎は短く考えたあとで、この茶店はどうだといった。

丈太郎には異存なかったし、音松もそれでいいと答えた。

四

丈太郎は茶店を出たところで伝次郎と別れ、音松といっしょに馬喰町《ばくろちょう》方面へ向かった。音松がその先のほうの店をあたろうといったからだ。

「音松さんは、沢村さんとは長いんで……」

「まあ短くはねえな」

「沢村さんが御番所をやめたんで、音松さんもやめたってことですか……。詳しくは聞いちゃいないんですが、大変だったみたいですね」

音松がまるみのある顔を向けてくる。一見人なつこい顔だが、目に鋭い光があった。普段とはちがう目になっているんだと、丈太郎にもわかる。

「旦那の前ではそのことにゃ、あんまり触れねえほうがいい。もうすんだことだが、旦那は大事な人を失っているんだ。不用意に痛んだ心をほじることはねえだろ」

「わかりました。もういいませんよ」

丈太郎は素直に返事をした。

それから聞き込みを開始した。まだ、朝の早いうちだから訪ねる店はかぎられている。一刻ほどかけて馬喰町から豊島町《としまちょう》一丁目まで聞き込んでいったが、さっぱり引っかかってくるものはない。

丈太郎は柳原《やなぎわら》土手に登って腰をおろした。

目の前に神田川が流れている。上流からやってきた猪牙舟と俵物を積んだ荷舟が擦れちがうようにして、新《あたら》シ橋《ばし》をくぐり抜けていった。

二つの舟が作ったさざ波が広がり、きらきらと日の光をはじいた。

(どうしようか……。今夜あたり行ってみようか)

丈太郎はそばに生えている雑草をちぎって、口にくわえた。やはり、お咲のことが気になっていた。だが、お咲がなぜ本所花町の錦次郎の家にいるのかがわからない。

（あの女、家を出て行ってから、これまでいったいどこで何をしていたんだ）

それは昨日からの疑問であった。

お咲と別れてから二年である。ようやくお咲に対する思いが吹っ切れ、忘れかけていたのに、まさかこんなことになるとは思いもしなかった。

ギョギョ、ギョギョシ……。

いきなり聞こえてきた鳥の鳴き声で、丈太郎は我に返った。

ヨシキリだ。神田川の岸辺にある藪の中にいるようだが、姿は見えない。喉をつぶしたような、いびつな鳴き声だけが聞こえている。

丈太郎は立ちあがると尻を払って、土手道を下りた。

神田川の向こうをあとまわしにして、須田町《すだちよう》のほうまで聞き込みの範囲を広げてみることにした。

なにか手掛かりになるようなことが聞ければよいのだが、事件の起きた高砂町から遠くなればなるほど、訊ねる相手の反応は鈍くなった。

そうやって歩きまわりながら、やはり人相書が必要だと思った。昼前に連絡場にしている元浜町の茶店に行ったが、音松も伝次郎もいなかった。

昨日からいっこうに手応えのない調べである。ことは町奉行所の同心殺しなのだから、下手人を挙げるまでいかなくとも、大きな手掛かりをつかむだけでも、丈太郎は岡っ引きとしての株を上げることができる。

手柄は喉から手が出るほどほしい。その思いは昨日から強くなっている。お咲の存在が急に浮上してきたからだ。

岡っ引きとしての株が上がれば、それなりに稼ぐことができる。町の者たちに一目置かれる存在になれば、付け届けが増える。この付け届けは物もあるが、金銭のほうが圧倒的に多い。

岡っ引きの中には、遠まわしに因縁めいたことをいって金をねだるものもいる。訴え事や揉め事が起きた場合、岡っ引きは出てくる町方の同心と町人の仲介役となって話をまとめたり、些細《ささい》な揉め事だと岡っ引きの裁量で片づけたりできるからだった。

（お咲のために借金をしてもいい）

丈太郎の胸の内には、そんな思いがあった。

だが、その前に一度お咲に会わなければならない。なにせ公三郎からの話なのだ。どこまで真実なのか判断がつかないのもたしかなことだった。

（やっぱり、今夜にでも訪ねてみるか……）

あれこれ心を悩ませている丈太郎は、ぼんやりした目で河岸地の向こうを眺めながら茶を飲んだ。

小半刻ほどして音松がやってきた。

「だめだな、なにも引っかかってこねえ。その面《つら》からすりゃ、おめえのほうも同じだな」

音松は床几に腰をおろしながらそんなことをいって、麦湯を小女に注文し、首筋を手拭いでぬぐった。

「音松さんのほうもさっぱりですか……」

「順吉のこともあわせて聞きまわってるんだが、お手上げだ」

「なかなか捗《はかど》りませんね」

「この様子だと、明日いっぱいでこの辺の聞き調べは打ち切りだな」

音松は小女が運んできた麦湯を受け取って、ぼやくようにいった。

「打ち切りって、まだ調べは、はじめたばかりでしょう」

「殺しが起きてからすぐに付近への調べはやってる。おめえだって走りまわっているだろう。酒井の旦那を殺した下手人は大勢に見られている。それなのに、尻尾さえつかめねえままだ。順吉を殺したやつのことだって同じだ」

「………」

「今度の下手人は、思いつきで酒井の旦那を襲ったんじゃない。ちゃんと考えて襲ってる。だから、手こずってるんだ」

「行き当たりばったりの殺しじゃなかったってことですね」

「そうさ。考えなしで人を襲ったやつは、物を落としたり顔を見られたり、何らかの手掛かりを残すのがほとんどだ。偶然、なにも見つからないということもあるが……」

「今回は頭巾を被っていましたからね」

「そうさ、それを考えただけでも、周到に計画を練っていたと考えていいだろう」

音松はそこで、ふとなにかを思いだした顔になり、言葉をついだ。

「そういや昨夜、おめえさん橘町にいただろう」

いわれた丈太郎はドキリとしたが、顔には出さなかった。

「へえ」

「なんだか柄の悪い野郎と話をしてたようだが、ありゃあなにもんだ」

音松が穿鑿《せんさく》するような目を向けてくる。丈太郎はすぐに公三郎と、その連れの為蔵のことをいっているのだとわかった。

「与太者ですよ。ああいう連中は目と耳が敏《さと》いですから、適当に付き合ってるだけです」

「そんなとこだろうと思ったよ」

音松はあっさり関心のない顔になって、腰の煙草入れをつかんだ。

それからしばらく伝次郎を待ったが、

「旦那は来ないようだ。また夕方ここで会うか。飽きのくる探索だが、やるしかねえ」

そういって、音松が腰をあげたので、丈太郎ももう一度聞き調べに向かうことにした。

音松が飽きのくる探索だといったように、下手人につながる手掛かりは午後からもつかめなかった。

日が西にまわり込むと、丈太郎はそろそろ打ち切って引きあげようと思った。探索をおろそかにするわけではないが、今夜はお咲に会いに行く。

「親分、ちょいとお待ちよ」

声をかけて追ってきたのは、さっき訪ねたばかりの飯屋の女将《おかみ》だった。

「なんだい」

「思いだしたんだよ。その人殺しは頭巾を被っていたんだったね。ひょっとしたら、その頭巾が拾われているかもしれないんだ」

「なんだって」

丈太郎は目をみはった。

「近所の子が弁慶橋《べんけいばし》の下で拾ったからって、それを使って遊んでたんだよ。気にも留めなかったんだけど、その頭巾を見せてもらうといい生地《きじ》で作ってあるんだね。こりゃあ落とした人は困ってるんじゃないかと思ったぐらいさ」

「それはどこのガキが持ってる？」

「すぐそこの先に清右衛門店《せいえもんだな》って長屋があるんだけど、そこにいる太助《たすけ》という子ですよ」

丈太郎は女将に礼をいって、清右衛門店に足を運んだ。その長屋は、後戻りをして弁慶橋をわたった神田松枝町《まつがえちょう》にあった。

井戸端にいたおかみに太助のことを訊ねると、うちの子とその辺で遊んでいるという。

「悪いが、いっしょに探してくれねえか。大事なことを聞きてえんだ」

おかみは丈太郎の真剣な顔つきを見て、腰をたたきながら立ちあがった。

「大事なことって何です？」

「こっちで起きたことじゃねえが、殺しだ」

おかみはギョッとなって丈太郎を見た。そのおかみは長屋を出ると、左右を見わたし、弁慶橋をわたったすぐのところにある駄菓子屋を指さした。

「あの店の腰掛けに座ってる、大きいほうが太助ですよ」

太助はおかみの倅とかりんとうを食べていた。丈太郎が声をかけると、顔をきょとんとさせた。

「太助ってんだな、ちょいと教えてもらいたいんだが、頭巾を拾ってるだろう。それを見せてくれねえか」

「頭巾、持ってないよ」

「どこにある？」

「おっかさんが持ってる。おいらが拾ったのに、おっかさんが自分のものにしたんだ」

太助は新しいかりんとうを口に入れて、もぐもぐさせた。

「どこで拾った？」

「橋の下に引っかかってたんだ。半分川に浸かって」

太助は弁慶橋の下を指さしていった。

「それはいつのことだ？」

太助は視線を彷徨わせた。丈太郎が菓子を買ってやるから思いだせというと、二日前の朝だといった。

「あとで菓子を買いな。その前におまえのおっかさんに会わせてくれ。案内してくれるか」

太助は要領を得ない顔をしたが、小遣いをもらったので素直にしたがった。駄菓子は一文菓子《いちもんがし》とも呼ばれて安価である。十文やると大喜びした。

太助の母親は自宅長屋で袋貼りの手内職をしていた。

丈太郎が訪問の趣旨《しゅし》を話すと、おそるおそるそばに置いていた黒い頭巾をつまみ「これですか」と、差しだした。

たしかに安物の頭巾とは思えなかった。

五

伝次郎は聞き込みをつづけていたが、下手人への手掛かりどころか、事件当日の彦九郎の足取りもつかめていなかった。彦九郎が殺された件《くだん》の日に、彦九郎を見たというものがいないのだ。

町奉行所の同心は、普段は黒紋付きの羽織で小者を連れているから、町の者たちも注意の目を向ける。

しかし、あの日非番だった彦九郎は、楽な着流し姿だった。その辺を歩いている侍に同化して見えたとすれば、彦九郎を知っているものでなければ気づかなかっただろう。

（やはり、人相書か……）

そう考えた伝次郎は、一度高砂町の自身番に戻ることにした。人相書が出来上がっていてもおかしくない刻限だった。

「旦那……」

自身番に入りかけたときに声をかけられた。

振り返ると、万蔵と粂吉が近づいてきた。

「もう終わったのか？」

彦九郎の野辺送りのことである。

「無事にすみました」

万蔵が神妙な顔で答えた。

「あっしらも調べを手伝います」

粂吉が一歩進み出ていう。いまの伝次郎は一介の船頭ではあるが、二人はそうは思っていないようだ。

「気持ちはわかる。当然のことだろう。だが、おれが指図をするわけにはいかねえ。この件は中村さんと松田さんの仕切りだ」

「わかってます。それで、その旦那たちはいまどこに……」

「わからねえ。夕方にはここに戻ってくるはずだ。ちょっと待ってくれ、おまえたちに聞きたいことがある」

伝次郎はそういって自身番に入り、詰めている番太に人相書のことを聞いたが、まだ届いていなかった。

再び表に出ると、長床几に座って粂吉と万蔵を隣にいざなった。

「酒井さんは、三月前に魚市場を荒らしていた、お七という女を捕まえているな」

「へえ、骨の折れる女でした」

万蔵が額に浮かぶ汗をぬぐって答えた。

「なかなか色っぽい女だと聞いたが、背後に男がいたとか、そういうのはどうだ？」

伝次郎は万蔵と粂吉を交互に眺める。

「お七は女郎崩れでした。男がいてもおかしくはないでしょうが、あっしらが調べをしているときにはそういう男の影はありませんでした」

粂吉が顎をさすりながら答えた。

万蔵も男のいる気配はなかったという。

「それじゃ、深井源水という偽医者のことだが、そいつの周辺に酒井さんを恨んでいたような人間はいないだろうか？」

「あの偽医者には、そういう人間はいません。付き合いも狭くて、人を騙して生きてきたような人間なんで、それまで関わりのあったものたちの誰もが、あいつはだめだとか、一杯食わされたとか、そんなことしかいいません。やつの肩を持つ人間はいませんよ」

万蔵は断言するようにいう。松田久蔵も、深井源水の関係者の仕業だというのは考えにくいといっていた。

「それじゃ、こいつらはどうだ……」

伝次郎は走り書きをしている紙片を懐からだした。それには、忘れないように松田久蔵があげた三人の容疑者の名を書いてあった。

万蔵と粂吉はその紙片をのぞき込んで、伝次郎の話に耳を傾けた。

「大田原金蔵は大島に流されているが、半年前から行方が知れねえらしい。こいつのことは二人とも知らないはずだ。なにせ捕まったのが八年前だからな」

万蔵と条吉は、生真面目な顔でうなずく。

「それから二年前に江戸払いになっている祥三郎という男だが、こいつのことは二人とも知っているはずだ」

「覚えていやす。こいつの兄弟分を、酒井の旦那がやむなく斬り捨てましたからね」

万蔵だった。

「祥三郎は蝙蝠の安蔵一家にいたやくざだ。江戸払いになっているが、市中をうろついているはずだ。一度会って話を聞きたいものだ」

伝次郎は二人を見た。

万蔵も条吉も心得たという顔で顎を引いた。結局、伝次郎は婉曲《えんきょく》ではあるが、二人に指図をしているのだった。

「もうひとりは山岡俊吉という浪人だ」

「こいつのことはずっと追っていたんです。ですが、いまどこにいるかわかりません。半年前、品川《しながわ》にいるという知らせが入って捕縛に行ったんですが、すんでのところで逃げられちまって……」

そういった万蔵の言葉を粂吉が引き継いだ。

「そのまま行方知れずです」

「こいつを探す手掛かりは……」

伝次郎は万蔵と粂吉を交互に眺めたが、二人とも首を横に振った。

「こいつも探す必要がある。それから、もうひとつ聞きてえことがある。いま話したこととは別のことで、酒井さんが動いていたり、調べていたりしたことはなかったか」

伝次郎はじっと二人を見つめた。

「そんなことがあれば、あっしらは知っているはずです」

粂吉がいう。

「おまえたちにも隠していたような調べ物ってことだ。なんとなくそんなことを感じることはなかったか……。こんなことを聞くのは、おれもそういう調べをやっていたし、酒井さんもいくつかそんなことをしていたからだ。使っている手先にも打ち明けない、隠密裏《り》の動きだ。御番所にもないしょの内輪の動きということもあるが、そこまで心配りをしなきゃならない厄介事もある。もし、酒井さんがそんなことをしていたなら、おおいに気になることだ」

万蔵と条吉は互いの顔を見合わせ、そんなことやっていたかな、と首をかしげた。

「そのことちょいと頭の隅に入れておいてくれ。ひょいと思いだしたり、気づくことがあるかもしれねえからな」

酒井彦九郎の人相書が届けられたのは、それからすぐのことだった。似面絵付きである。

「いつもより手間取りましたけど、いい出来です」

人相書を広げて得意そうにいうのは、松田久蔵の小者・八兵衛だ。伝次郎も手にしてよくできていると思った。

通常の人相書には手配をする容疑者の特徴などが書き込まれるが、今回は罪人ではない被害者である。

似面絵は彦九郎の人柄をあらわすように、柔和な笑みを浮かべていた。

「多めに刷ってあるんで、遠慮なく持って行ってください」

八兵衛は出来たての人相書を伝次郎に勧め、万蔵と粂吉にもそれぞれ五枚ずつわたした。

「それじゃ日が落ちるまで、もう少し聞き調べに行ってみるか」

伝次郎がそういって自身番をあとにしようとしたとき、丈太郎が息を切らしながら早足にやってきた。

「旦那、ひょっとすると下手人のことがわかるかもしれません」

丈太郎は立ち止まるなり、そういった。

六

小半刻後、高砂町の自身番での動きが慌ただしくなっていた。

丈太郎が下手人のものとおぼしき頭巾を見つけたからだった。自身番内には彦九郎の葬儀から帰ってきた松田久蔵と中村直吉郎の姿もあった。

「すると、彦九郎を殺した下手人はこの頭巾を、歩く途中で脱ぎ、弁慶橋のあたりで捨てたということか……」

久蔵はうなるような声を漏らして、宙の一点を凝視する。

「とにかくこの頭巾の出所を調べるのが先だ」

直吉郎が頭巾をつかみ取っていう。

問題の頭巾は、黒にかぎりなく近い紺であった。濃紺といえばよいかもしれないが、紫がかってもいる。生地は紬《つむぎ》で、よくよく目を凝らせば、青海波《せいがいは》と呼ばれる波文が染め抜かれている。

「これだけの頭巾なら、出所はわかるはずだ」

直吉郎がいうように出所がわかれば、購入者を特定できるかもしれない。

「それで丈太郎、おまえは何軒の店をまわってきた？」

直吉郎は土間に立っている丈太郎に顔を向けた。

「太助って子供は、弁慶橋の下で拾ってますから、あの近所の呉服屋とか古着屋をまわってきやした」

「よし、まずはこれをひとつの手掛かりとして、この頭巾の出所を探そう。その辺にあるような頭巾じゃないから、意外に早くわかるかもしれぬ。もう一度、手に取ってこの頭巾のことを覚えるんだ。それから彦九郎の人相書も出来ている。合わせて聞き調べを行う」

久蔵がその場にいる一同に、頭巾をまわしていった。頭巾は額・頰・顎を包むように巻き込める、一般に宗十郎《そうじゅうろう》頭巾といわれるものだった。

全員が頭巾の特徴を覚え、彦九郎の人相書を懐にすると、それぞれに散っていった。

この探索に関わっているのは、伝次郎を含めて総勢十人である。久蔵と直吉郎の手先もいるし、彦九郎が使っていた小者の万蔵と条吉も加わっている。

「もし、あの頭巾が下手人のものだとするなら、なぜ捨てたりなんかしたのだろうか」

伝次郎はいっしょに歩く音松を見た。

「旦那、それはあっしも気になってんです。それにあの頭巾は安物じゃありませんよ。生地もいいし、柄も凝《こ》ってる。返り血を浴びてもいませんでした」

「そうなのだ。捨てるにはわけがあるはずだが、どうにも解《げ》せねえことだ。ただ、邪魔になったということかもしれねえが、それでもなァ……」

伝次郎と音松は、浅草橋をわたった先の町屋にある呉服屋と古着屋、染物屋などをあたっていった。

神田界隈を松田久蔵の指揮で三人があたり、上野方面を直吉郎の指揮で三人があたっていた。岡っ引きの丈太郎は彦九郎の小者だった万蔵と組んで、両国から須田町へかけての一帯を調べていた。

頭巾の出所が判明したのは、その日の夕刻だった。

まったく同じ宗十郎頭巾を売っている店があったのだ。それは神田富松町《とみまつちよう》代地にある呉服屋だった。探しあてたのは、万蔵と組んで調べを進めていた丈太郎だった。

「四、五年前に相模屋という店で売っていたそうなんです」

「それで、この頭巾を買った客のことは……」

話を聞いているのは松田久蔵だった。

伝次郎と音松はそんなところへ具合よく帰ってきたので、その場に居合わせていた。

「それはわからないといいます。小火《ぼや》があって同じ頭巾と帳面が焼けたらしいんです。ですが、覚えている客が何人かいました」

「それは……」

久蔵は身を乗りだして丈太郎を見る。

「役者です。それも名題《なだい》ではなく、稲荷町のようで……」

名題というのは看板役者のことで、稲荷町というのは大部屋役者のことである。大部屋に稲荷神を祀ってあることから来た隠語だった。

「その役者の名は……」

丈太郎はこれがそうですと、走り書きをした紙片を久蔵にわたした。そばにいる伝次郎は、表に目を向けた。もう夕闇が濃くなっている。芝居小屋はすでに終わっていて、これから訪ねて行っての聞き込みはできない。

久蔵もそれと気づき、

「ひとまずこの役者たちをあたるのは明日だ。だが、丈太郎でかした。これが取っかかりとなって下手人がわかったら、おぬしの大手柄だ」

褒められた丈太郎は、嬉しそうに笑み、頭を掻いた。

「それで他にわかったことはありませんか。おれたちのほうはなんの手掛かりもつかめないままなんですが……」

伝次郎は久蔵を見て訊ねた。

「おれのほうもこれといってないのだ。ひとまず直吉郎が帰ってくるのを待とう」

久蔵はそういって店番の淹《い》れてくれた茶に口をつけた。

伝次郎も茶をもらい、そのまま表の床几に移動して茶を飲んだ。昨日よりも今日、今日よりも明日と、日足が短くなっている。目の前を歩く通行人たちの足が速くなっているのも、暗くならないうちに家に辿り着きたいからだろう。

「酒井さんが斬られたのは、こんな夕暮れだったんだな」

伝次郎はぽつんとつぶやいた。

「いえ、もう少し暗かったはずです。騒ぎを聞いたおれが駆けつけたときも、もうちょっと暗かったんです」

腰高障子の脇に立った丈太郎が答えた。

「おまえが最初に酒井さんだと知ったんだったな」

「まさか、あの旦那だとは思いもしなかったんで、びっくりしたのなんのって……」

「下手人の姿は見てないんだな」

「あっしは下手人が逃げたほうの逆から駆けつけたんで……」

伝次郎はふむとうなずいて、遠くに視線を飛ばした。

なぜ、下手人は酒井彦九郎を殺さなければならなかったのだ。

そのことが伝次郎の心の奥に、くすぶったような疑問として居座っている。単純に考えれば、怨恨だ。町奉行所の同心は逆恨《さかうら》みされることが多い。だから、怨恨以外に考えられることは少ない。

それに下手人は、周到かつ大胆だ。くわえて並みの腕ではない。

伝次郎は刻々と濃くなる夕闇の向こうを眺める。

下手人の影も像もはっきりしないままだ。

「中村の旦那が戻ってきました」

音松の声で伝次郎は我に返り、平次を連れて歩いてくる中村直吉郎を見た。しかし、その直吉郎も、なんの手掛かりもつかめずに戻ってきたのだった。

七

明日の探索の指示を受けた丈太郎は、それぞれの方角に帰っていく同心や、伝次郎たちの背中を見送ってから自身番をあとにした。

夜の帳《とばり》はすっかり下りていた。夜商いの軒行灯や看板行灯のあかりが、目立っている。

丈太郎は一度自宅長屋に戻ったが、すぐに家を出た。十手の代わりに匕首《あいくち》を懐に忍ばせた。使うつもりはないが、用心のためだった。

これから行くところは、堅気《かたぎ》の家ではない。ひょっとすると、公三郎の罠かもしれないという危惧《きぐ》もあった。

公三郎は信用のできない人間だし、人を陥れることに関しては天才肌だ。

だが、お咲がほんとうにいて、縒りを戻したいといっているなら、大金ではあるが五十両の金を工面する覚悟だ。もちろん、端から五十両を受け入れるつもりはない。少しは値切れるはずだ。丈太郎は自分なりに算盤《そろばん》をはじいていた。

大橋をわたり両国東広小路を素通りして、竪川《たてかわ》沿いの道に出た。広小路は昼間とちがって閑散としていた。これは西広小路も似たようなものだった。

相生町《あいおいちよう》からまっすぐ東へ向かう。河岸道沿いにある飲み屋の軒行灯が、竪川の水面をほの赤く染めている。

早くも酔った男の声や女の嬌声《きようせい》が、居酒屋からこぼれてくる。

舟提灯をつけた一艘の猪牙が二ツ目之橋《ふたつめのはし》をくぐり抜けてきた。舟客は女だ。船頭が川底に突き立てた棹をあげて、舟を流れにまかせた。そのまま丈太郎とすれ違うように、猪牙舟は大川のほうへ向かった。

丈太郎は一度息を吸って吐いた。お咲のことはおおいに気になっているが、酒井彦九郎殺しの下手人探しも、いまや大事なことだった。手柄を立てることができれば、それだけの実入りを見込める。

真の意味で町の顔役になれれば、いろんなところから付け届けがくるのだ。もちろん、それは金銭という意味である。

お咲を取り戻すことができれば、今度こそまっとうな暮らしをさせてやりたい。身請けに五十両要求されているが、手柄さえ立てれば、多少の無理は利く。

「はっ……」

丈太郎はもう一度息を吐いた。

本所緑町《みどりちょう》二丁目に入っていた。土地のものたちはそのあたりを「二ツ目」と呼んでいる。

脇路地に入ると、公三郎の住んでいる長屋の木戸があった。暗い路地を進んでゆき、公三郎の家の前で立ち止まった。

あかりがない。留守のようだが、ためしに戸をたたいて声をかけた。

返答はない。

「さっき出て行ったよ。おおかた玉屋《たま》だろうよ」

背後の家から出てきた男が、そういって教えてくれた。手鼻をかんで、そのまま厠《かわや》に向かっていった。

「どうも」と丈太郎は、男の背中に礼をいって、また河岸道に出た。

玉屋は小さな居酒屋だ。丈太郎も何度か行ったことがある。

暖簾をくぐって戸を引き開けると、客の目が一斉に飛んできた。そのなかに公三郎の顔があった。丈太郎を知らないものはすぐに顔を元に戻したが、

「来てくれたかい。昨夜のうちにくると思っていたんだが……。ま、いい。こっちに来な」

公三郎が自分の隣の席をうながした。人相の悪い為蔵もいっしょだ。

「どうだい景気は……」

丈太郎が同じ飯台《はんだい》につくと、公三郎が酌をしながら聞いてくる。口の端《は》に小さな笑みを浮かべている。

「相も変わらずですよ。それでお咲のことですが……」

「いいから飲みな。来て早々慌てることはねえさ」

丈太郎は勧められるまま酒に口をつけた。

公三郎は人をいたぶるようなにやついた顔で、丈太郎を眺めていた。為蔵はちらちらと、人の隙を窺《うかが》うような視線を向けてくる。居心地のよいものではない。

「公三郎さんは、錦次郎親分の盃を受けてるんですか?」

丈太郎は盃を置いて訊ねた。

「受けちゃいねえさ。こう見えてもおれは堅気だぜ。妙なこといううんじゃねえぜ」

「……」

「それで金は拵《こしら》えたのか?」

「いえ。その前にお咲に会って話をしてみないことには、前に進まないでしょう。公三郎さんが間を取り持ってくださるんですね」

公三郎は一度為蔵と顔を見合わせてから答えた。

「だから、おめえに会いに行ったんだよ。お咲に会わせるのは容易《たやす》いことだが、手ぶらで行くってわけにゃいかねえぜ。おれにも面子《めんつ》ってもんがあるからな」

そうくるだろうと思っていた。

丈太郎は懐に入れていた紙包みをそっと出した。

「五両あります。今日はそれで話を進めさせてください。五十両は大金です。今日明日に用意しろといわれても、そりゃあちょっと無理があります。その辺のことをわかってください」

「ま、いいだろう。それじゃこれから行ってみるか」

公三郎はそばを通りかかった店の女を呼び止めて、勘定だといった。

店を出ると、町屋の北側を東西に走る通りに出た。左側は武家地で旗本《はたもと》や御家人《ごけにん》の屋敷が並んでいる。まっすぐ行けば大横川《おおよこがわ》にぶつかる。

公三郎と為蔵のあとにしたがう丈太郎は、なぜお咲が博徒一家に世話になっているのか、それが解《げ》せなかった。お咲はそういった類いの人間を恐れ、毛嫌いする女だ。

しかし、自分と別れてからの二年間のことはわからない。その間に、やくざ連中との交際があったのかもしれない。とにかく会って話をしたい。

本所花町の錦次郎の家は、三ツ目通りを過ぎたところにあった。目の前は松平《まつだいら》能登守《のとのかみ》（美濃《みの》国岩村《いわむら》藩）下屋敷の長塀である。

「ちょいと待ってな。親分がいるかどうか聞いてくる」

門前で待たされた丈太郎は、戸口に向かう公三郎の背中を見送って、為蔵を見た。

「為蔵さんとおっしゃいましたね。公三郎さんとは長いんで……」

「まあいろいろだ」

答えになっていないが、丈太郎はそうですかと応じた。為蔵は無口な男で、人を穿鑿するように話しかけてはこないが、始終丈太郎を観察するような目をしていた。

公三郎はすぐに戻ってきて、案内に立った。ついていく丈太郎の胸の鼓動が高鳴った。お咲と会えるという思いもあれば、博徒の親分と話しあいをしなければならないという緊張感もあった。

第四章　村松町の女

一

「おめえさんが、丈太郎さんかい。よく来てくれた」

客座敷に丈太郎を迎え入れた本所花町の錦次郎は、吸っていた煙管を煙草盆にゆっくり置いた。六十過ぎの肥えた年寄りだった。髷の結えない禿頭《とくとう》である。

嫌みのない笑みを浮かべているが、やはり目には尋常でない光を宿している。

「公三郎さんから話を聞いて驚いたんでございやすが、ほんとうにお咲が……」

「ああいるよ。いろいろわけありでな。それで、公三郎にあんたを探してくれるように頼んだんだよ。聞けば目明かしになってるそうだね」

「へえ。ちょいと町方の旦那と縁がありまして、十手を預かっておりやす」

この辺はちゃんといっておくべきだった。相手が博徒の親分ならなおのことである。

「そりゃ大したもんだ。なってどのくらいだい？」

「まあ、半年ほどですから、まだまだこれからって按配《あんばい》でして……」

丈太郎は謙遜《けんそん》しながら、錦次郎の目をまっすぐ見た。

臆してはならないと下腹に力を入れる。錦次郎は年のわりには肌の艶がいい。燭台《しょくだい》のあかりを受ける顔が、つやつやと光沢《こうたく》を放っている。

「それでお咲はいったいどうして、親分の世話に？　いろいろわけありだとおっしゃいましたが……」

丈太郎は本題に入った。

「わけありさ。そりゃあおめえさんにも関わってることだ」

「どういうことで……」

錦次郎は煙管をつかんでゆっくり刻みを詰め、そして火をつけた。すぱっと一口吹かした。紫煙が丈太郎の目の前を漂う。

「おめえさん、本所三笠町の親分を知ってるな」

「万平親分のことは知ってますが、会ったことはありません」

「その万平の子分に八十五郎《やそごろう》ってやつがいる。おめえさんと喧嘩をしてこっぴどい目にあったと聞いてるが、ほんとうかい」

忘れるわけがない。死ぬか生きるかの喧嘩をしたのだ。

「へえ、もう前の話です」

「らしいな。その八十五郎がお咲を見つけたんだ。おめえさんの元女房だ。それを手込めにしようとしていてな。ちょうどおれが遊んでいた店での話だ」

「へえ」

丈太郎は八十五郎と聞いて、心中で身構えていた。

「八十五郎があんまりうるせえんで乗り込んでいった次第だ。まあ、そのとき、おめえさんと八十五郎のことを知ったってわけさ。あの野郎、昔からお咲に気があったようだ」

「お咲は無事だったんで……」

丈太郎は拳をにぎりしめていた。八十五郎のことは忘れていたのだが、話を聞いて怒りがぶり返してきた。

「無事だ。だが、八十五郎は質の悪いごろつきだ。だから、おれが店からお咲を引き取ってきたってわけだ」

「店といいますと……」

丈太郎は身を乗りだすようにして、錦次郎を眺めた。

「いま話をした店のことだ。尾上町《おのえちよう》にある茶臼屋《ちやうす》という料理屋だ」

茶臼屋は料亭ではないが、酌婦《しやくふ》を置く高級店である。お咲はそこで仲居をしていたらしい。

「思い違いをされちゃ困るが、おれはお咲に指一本触れちゃいねえ。お咲と話をすると、別れた亭主がいてその男とやり直したいというんだ。だったらその思いをかなえてやろうと思って、公三郎に話を持ちかけたら、なんのことはねえ、すぐに見つけてくれた。おめえさんも元は鳶だったらしいじゃないか……」

「へえ。それでお咲は……」

「まあ、待ちな。公三郎から話は聞いてると思うが、おれもこういう商売をやってる人間だ。人助けをして、雨露をしのげる場所を与え、飲み食いさせてんだ」

「わかっております」

「そういってくれりゃ、話は早ェ。それじゃ調《ととの》ってるってことだな」

もちろん金のことをいっているのだ。

「いまここでってことなら、少し待ってもらわないと困ります。ですが、手付けのほうは公三郎さんにわたしてあります」

丈太郎は公三郎を見た。公三郎はなにもいわずに、さっき丈太郎から受け取った金五両の包みを錦次郎にわたした。

「お咲に会わせてもらえますか？」

「悪いが会わせるだけだぜ。このまま連れ帰られちゃ、おれはただのお人好しになっちまう」

「へえ、わかっておりやす。それで相談なんですが、あっしはご存じのとおりしがない岡っ引きです。十手を預かってはいますが、ただそれだけのことで実入りは決してよくありません。そこを考えてもらい、親分の度量で、いくらか負けてもらえませんか。五十両はあっしにはちょいときつすぎます」

丈太郎は錦次郎の顔色を窺いながら何度も頭を下げた。だが、錦次郎はそれまで浮かべていた柔和な笑みを、打ち寄せた波が引くようにすうっと消した。

「町方の同心がついている目明かしだからって、おれは遠慮はしねえぜ。これはあたりまえの取り引きだ。そうじゃねえか」

錦次郎の目に力が入り鋭くなった。

「は、まあ」

「手込めにされる、すんでのところを助けてやったんだ。そのうえ、再び害が及ばねえように手厚くお咲をもてなしてるんだ。そうだね」

「へえ、重々承知しておりやす」

「おめえさんも町では親分といわれる男だ。ケチなことはなしだ。そうしようじゃねえか」

丈太郎は「くそっ」と、胸中で吐き捨てた。さすが年季の入ったやくざである。うまい具合に丸め込まれようとしている。

「おれのいうことが呑めねえってんなら、このままお引き取り願うだけだ。お咲はいい女だ。多少年はいってるが、買い手はいくらでもある。だが、おれは親切に元の鞘《さや》に戻してやるといってんだ。丈太郎さん、あんたも男だ。なあ、そうだろう」

丈太郎は、金の相談はいまはしないほうが得策だと思った。この駆け引きには少し時間をかけるべきだ。

「わかりやした。とにかく、お咲に……」

「おめえさんは物わかりがいいようだ」

錦次郎が「おい」と座敷の隅に控えていた若い衆に声をかけると、ほどなくしてお咲が座敷に姿を見せた。

約二年ぶりの再会だが、容色《ようしょく》に衰えはなかった。丈太郎は心を波打たせた。やはり、この女を手放すんじゃなかったという、強い後悔の念に襲われた。

「あんた……」

お咲はふるえるような声を漏らして丈太郎を見てきた。

「話は親分から聞いたよ。危ないところを助けてもらったらしいな」

「親分さんにはすっかりお世話になって、礼のいいようがないわ。それで、あんた連れて帰ってくれるのね」

お咲はすがるような目を向けてくる。それを錦次郎が遮った。

「それが残念なことに、無理なんだ」

お咲は、はっと目を見開き、錦次郎を見た。

「丈太郎親分は、これから約束の金を拵えるそうなんだ。それまではお咲、悪いがここにいてもらうぜ」

「親分、金は必ず拵えますから、お咲をあっしに預けてもらえませんか」

丈太郎は両手をついて頼み込んだ。

「そりゃあ、ならねえよ。おめえさんらは元は夫婦《めおと》だったようだが、いまは赤の他人だ。そうだろう。これが夫婦だったら、話は違ってくる。おれは人の道を外れたことをしてることになる。だが、そうじゃねえ。別れた女房が、元の亭主とまたくっつきたいといってるのを手伝ってんだ。強請《ゆすり》や脅しでもねえはずだ。親切に対する謝礼のことをいってるだけだ」

錦次郎はあからさまに金銭の要求をしてくるが、丈太郎は言葉を返すことができない。

「お咲、おめえさんの気持ちはわかるが、おれは不自由はさせていねえはずだ。三度三度のおまんまも食わせてやってりゃ、気持ちのよい布団にも寝かせてる。おめえさんの体を弄《もてあそ》ぶでもない。そうだな」

お咲は長い睫毛《まつげ》を伏せてうなずく。色白のうなじが燭台の炎に、ほんのり染まっている。膝に置いた手をもじもじと動かして、小さな吐息をついた。

「お咲、親分から聞いてると思うが、おれはいま岡っ引き稼業をしてる。ほんとにおれとやり直してえんだな」

「あんたがいやじゃなきゃ……」

丈太郎はだったらなぜ出ていったりなんかしたんだ、といいたかったが、それは喉元で呑み込んで、

「おれはずっと、おまえを待ってたんだ」

と、お咲をまっすぐ見つめた。

「まあ、二人でゆっくり話すのはあとだ。とにかく丈太郎親分さん、そういうことだから話を呑んでもらわなきゃ、これから先へは進まないってことだ」

錦次郎はそれで今夜の話は打ち切りだというように、煙管の雁首を煙草盆に打ちつけた。

二

「よいかしら……」

伝次郎の前に千草がやってきた。客が引けたからである。

伝次郎はいつもの小上がりに座って、ずっと考えごとをしていた。もちろん、殺された酒井彦九郎のことである。気になる頭巾は出てきたが、それが下手人の手掛かりになるかどうかは不明だ。

「ずっと静かに飲んで……ずっと考えごとをして……何度もため息をついて……」

千草はそういって伝次郎に酌をしてやり、自分の盃にも酒を満たした。そんな千草を伝次郎が見つめると、千草も見つめ返して、ふっと片頬に笑みを浮かべた。

「考えすぎるとかえってわからなくなる、そんなことがわたしにはよくありますわ」

千草は睫毛を伏せて酒を飲んだ。

顎が持ちあがり、白い首筋が行灯のあかりに染められた。

「そうかもしれぬな」

伝次郎はそういって、酒に口をつけた。

「もっと違う見方をしたほうがいいかもしれねえな。そんなことはわかってはいるんだが……ふう」

「ほら、またため息」

千草がにらむように見てくる。

それからそっと手を差しだし、伝次郎の膝に添えた。

「こっちまで憂鬱《ゆううつ》になるでしょう。そりゃ気持ちはわからなくもありませんけど、いまの伝次郎さんを見ていると、なんだかつらくなります」

千草には殺された酒井彦九郎が、自分にとってどれだけ大切な人だったかということを話してある。

「そうか、すまなかった。他の客にも迷惑をかけたかもしれねえな」

「お客は何も知らないから平気ですよ。平気でないのはわたし」

千草は伝次郎の手をつかんで、ぎゅっとにぎりしめた。

「殺された酒井さんは気の毒だけど、伝次郎さんがいつまでもそんな顔していたら、見えるものが見えなくなっちゃうかもしれないでしょう。もっと心に余裕を持ってもらいたいの。いつもの伝次郎さんのように……」

「そうだな」

「そうよ」

千草はそういうと、膝をすって伝次郎に近寄り、頭を逞《たくま》しい胸に預けた。それからにぎりあっている手の指をからませた。

「でも、早く下手人が見つかるといいわね」

千草がぽつりという。

「そう願いたいものだ」

「ねえ」

千草が顔をあげた。

唇がすぐそこにある。伝次郎は戸口を見た。店はまだ暖簾が掛かったままだ。いつ客が入ってきてもおかしくない。

千草に視線を戻すと、目を薄くつむっていた。伝次郎は唇を重ねた。短くである。千草も心得ていて、すぐに顔を離した。

「今夜、行こうかしら」

千草の目が潤《うる》んでいた。

「来るんだったら起きて待っていよう。それとも、ここで待つか」

「いいえ、先に帰っていてください。朝餉の支度をして行きますから」

「わかった」

残りの酒を飲みほすと、伝次郎は千草の店を出た。

いっしょになってもいい仲なのに、同じ屋根の下には住まないと二人は決めていた。それで、ときどき伝次郎の家に千草が通ってくるようになっていた。

二人は互いに伴侶《はんりょ》を亡くしている。夫婦になれば、それまで見えなかったものが見えて失望したり、いわなくてもよいことをいって傷つけたりする。二人はそうなりたくなかった。だから、良好な関係を保つ最善の道を選んでいると信じていた。

伝次郎は六間堀沿いの道をゆっくり辿った。堀川は穏やかだった。ところどころが町屋のあかりを受けて、てらてらとぬめったように光っている。あかるい月がお城の上に浮かんでいた。河岸道の草むらで虫がすだいている。

静かな夜だった。

家路を辿る伝次郎は、千草にいわれたことを思いだし、

（そうだな、きっとそうだ）

と、胸のうちでつぶやいた。

千草は心に余裕がなければ、見えるものも見えなくなるといった。確かにそうなのだ。

いつもの平常心でいなければ、探索は難しくなるし、見落としやしくじりを起こしてしまう。十分わかっていることだった。

町奉行所から離れて長くなるから、うっかり基本的なことを忘れていたのだ。伝次郎は大きく深呼吸をした。

酔いを醒まそうと思い、まっすぐ自宅長屋に帰らず、竪川の河岸道まで足を延ばした。

河岸場の舟着場には、肩を寄せあうように舟がつながれていた。ときどき、コンコンとぶつかり合う音を立てている。

対岸の河岸道がやけににぎやかだった。

二ツ目にある一軒の料理屋の表に、五、六人の酔った客が出てきたからだった。

笑いあったり、大きな声をあげ手を振ったりしている。よほど楽しい酒だったようだ。

二ツ目とは本所相生町三・四丁目の俗称である。一丁目と二丁目は、一ツ目という。

酔客は店の前で左右に別れて帰っていった。鼻歌がこっちまで聞こえてきた。伝次郎はそれを微笑ましく見送り、もう一度大きく夜気を吸って吐いた。

「野郎ッ！」

怒鳴り声が聞こえてきたのは、そのときだった。

三人の男がひとりの男と、二ツ目之橋のそばでにらみあっていた。声に気づいた近所の居酒屋や料理屋の戸や窓が開いて、人の顔がのぞいている。

大きな声は一度だけだったが、男たちの口論はつづいていた。揉めているのは、さっき楽しそうに料理屋を出て行った酔客のようだ。

気になった伝次郎は速足になって河岸道を進み、二ツ目之橋をわたった。口論はまだつづいていたが、ひとりの男が三人の酔客を相手にして懐から光るものを取りだした。

だが、酔っている三人は怯《ひる》まなかった。

「おうおう、刺せる度胸があるんだったらやってみやがれ」

「後悔するぜ」

匕首を抜いた男が、低くぐもった声を漏らした。その横顔を見たとき、伝次郎ははっと目をみはった。高砂町の岡っ引き・丈太郎だったのだ。

三

「何をやってやがる」

伝次郎は間に入って、匕首をにぎっている丈太郎の腕をつかんだ。丈太郎は短く抗《あらが》ったが、相手が伝次郎だと気づき、あっと驚き顔をした。

「どんなわけでこうなったのか知らねえが、刃傷《にんじょう》沙汰を起こしちゃならねえ」

伝次郎はそういって、丈太郎の匕首を奪い取った。

「なんだ、あんたはそいつの仲間かい。てめえでぶつかってきて、勝手に因縁つけられちゃ引っ込みがつかねえんだ」

肩幅の広いがっちりした男だった。職人風情である。あとの二人もそうだった。酔った目でにらみを利かせている。

「よくいって聞かせるから、勘弁してくれないか。大の大人が子供じみた喧嘩をしてもつまらないだろう。それにお互い酔っているようだ。引っ込みのつかない気持ちはわかるが、どうか勘弁してやってくれ。これこのとおりだ」

伝次郎は両膝に手をついて頭を下げた。うしろにいる丈太郎が慌てていた。

「あんたに謝られても仕方ねえだろう。謝るなら、そいつが謝るべきじゃねえか。それが筋ってもんだろう」

確かにそうである。

「丈太郎、因縁つけたのか……」

「そのつもりはなかったんですが、ついカッとなっちまって……すいません。おれのせいですから」

丈太郎はそういうと、三人の前に出て頭を下げた。

「申しわけなかった。おれが悪かった。勘弁願います」

丈太郎は殊勝に頭を下げた。その瞬間、右にいた男がその頭を引っぱたいた。さっと丈太郎が血相変えて体を起こしたが、伝次郎がすぐに腕をつかんで下がった。何もいうなと、強い目でいい聞かせて、三人を見た。

「これで水に流してくれないか、頼む」

「まあ、謝ってくれたからな。いいだろう」

丈太郎の頭をたたいた男がそういった。それに他の仲間も同意するように、歩き去っていった。ただ、捨て科白《ぜりふ》が聞こえてきた。

「あの野郎、石頭だぜ。手が痛ェのなんの」

三人の男たちが同時に笑った。

丈太郎はその言葉と笑いに、また敏感に反応して男たちを振り返ったが、伝次郎が腕をつかんだまま「堪えるんだ」と、いい聞かせた。

丈太郎は悔しそうに唇を嚙んだが、しぶしぶと折れた。

「酔ってるのか？」

「そう酔っちゃいません」

「こんなところになぜいるんだ。めずらしいじゃないか」

「ちょいと野暮用がありまして、それにあっしは元々こっちで仕事をしていたんで……」

伝次郎は丈太郎が元本所北組の火消しだったことを思いだした。

「なにか面白くないことでもあったか……」

丈太郎はそんな顔をしていた。どこかふて腐れた態度でもある。

「少し飲むか。おれも飲んでの帰りなんだが、このままじゃ収まりがつかないだろう」

誘うと、丈太郎は黙ってついてきた。千草のことをちらりと気にしたが、深酒をするわけではない。半刻ぐらいで切りあげるつもりだった。

伝次郎はそのまままっすぐ歩き、一ツ目にある小さな居酒屋に入った。

ごみごみした大きな店は、伝次郎の性《しょう》に合わない。自然、そういうこぢんまりした店を選んでしまう。

板場に入っている亭主と、その亭主の娘みたいな女が切り盛りしている店だった。

伝次郎と丈太郎は土間席の飯台についた。腰掛けは空き樽である。

「いったい何があった？　昼間はいつもと変わらない顔をしていただろう」

「まあ、大したことじゃないんで」

伝次郎は短く丈太郎を見つめて酒をあおった。

「いいたくないことなら、聞かないことにしよう。しかし、探索は捗らねえな」

伝次郎は話題を変えた。

「手掛かりが少なすぎますからね」

「おまえが見つけた頭巾が鍵となればいいが。あの頭巾を買った役者のこともわかっている。もちろん同じ頭巾かどうかわからないだろうが、もし役者を引っ立てることになれば、おまえの大手柄だ」

「そうなればいいんですが……」

丈太郎は少し照れ笑いをした。相模屋で売られていた頭巾を買った役者は三人いたが、明日にならないとその役者たちには会えない。

「しかし、この一件長引きそうな気がする。おれの勘だから何ともいえないが……」

「もしそうなったら、探索はどうなるんです？」

丈太郎が興味津々《しんしん》の目を向けてくる。岡っ引きになってまだ半年だから、その辺のことに詳しくないらしい。

「もちろん打ち切りはしない。それに御番所の同心殺しだから、しつこく調べは行われる。ただ、探索の掛《かかり》の人数は減らされるだろう。いまも動いているのは二人だけだが、おそらくひとりになるはずだ。百八十日内に下手人を捕縛できなきゃ永《なが》尋《たず》ねとして、そうなる」

「永尋ねですか……」

「期限を切らずに探索をつづけるってことだ」

「もし、あっしが手柄をあげりゃ、何かいいことがありますか？」

「そりゃああるさ。中村さんと松田さんから褒美が出るだろう。ひょっとするとお奉行からも労《ねぎら》いの金がもらえるかもしれねえ」

「ほんとですか……」

丈太郎は目を輝かせた。

「おまえを使っているのは、北町の嶋田元之助さんだったな。その嶋田さんからも褒美があるはずだ。だが、それよりおまえの株が上がるのが一番だろう。町の親分として一目置かれりゃ、自然実入りが増えるはずだ。まあ、そんなことをあてにされちゃ困るがな」

「褒美の金はいくらぐらいなんでしょう？」

伝次郎はその問いに眉宇をひそめた。

「そりゃあ、人によって違うさ。褒美というのは気持ちだからな」

「はあ……」

丈太郎は何だか浮かない顔をした。

「さっきは荒れてたようだが、酒を飲んだからって短気を起こしちゃならねえ。おまえは手札をもらい、十手を預かっている身なんだ。しくじったら嶋田さんに、恥をかかせることになる」

「はい、わかっています」

丈太郎は素直だ。

「これも何かの縁だ。おれにできることなら、相談に乗ってやる」

「へえ、ありがとうございます。それで沢村さん」

「うん」

伝次郎は煮豆をつまんでから丈太郎を見た。

「あ、いえ、何でもありません」

丈太郎は何かを誤魔化すように酒に口をつけた。

四

部屋のなかにあわい朝の光が忍び込んでいた。表で鳥たちの鳴き声がする。伝次郎の隣にいた千草が、そっと夜具を抜けるのがわかった。襦袢《じゅばん》をたぐり寄せ、素肌に羽織った。伝次郎は薄目を開けてその様子を眺めていた。

千草はすでに座っているので、形のよい乳房をさらしていた。雨戸の隙間から入る光の条が、その乳房に照り返った。だが、それは一瞬のことだ。

立ちあがった千草は、手際よく着物を着込んで帯を締め、崩れた髪を両手で軽く整え、そのあとで手拭いを被った。

伝次郎は煙草盆を引き寄せて、煙管に刻みを詰めた。

千草が台所仕事を始めている。水を流す音、竈《かまど》にくべられた薪の爆《は》ぜる音、俎《まな》板《いた》をたたく包丁の音……。

伝次郎は煙草を喫みながらそれらを楽しんだ。

昨夜、千草と睦み合ったときからの安寧があった。知り合った当初の千草は、慎み深い美しさと、江戸っ子特有の姐ご肌を感じさせ、何ともつかみきれないところがあった。

しかし、互いの距離が近くなり、肌を許す仲になると、千草はほどよい加減で二つの顔を持っているというのがわかった。

床のなかでも同じだった。昼間は楚々《そそ》として、かつ気《き》っ風《ぷ》のいい女だが、一旦床に入ると絡みついてくる。相方から愉悦《ゆえつ》をもらうだけではなく、自らも相方を喜ばせる動きをするのだ。

千草は昨夜店で下拵えをしてやってきたので、朝餉の膳が調うのは早かった。伝次郎が井戸端で水を使って戻ってくると、

「用意できましてよ。召しあがってください」

と、千草が膳部にいざなった。

山芋を使ったとろろ飯に、伝次郎の好物のひとつ鯖《さば》の味噌煮、そして茄子の味噌汁。伝次郎には大満足の朝餉である。

「今日も調べにお出かけなのね」

千草が箸を休めていう。

「そうだ。早く片づけたいが、なかなか思うようにいかない。どうも長引きそうな気がする」

「そうなったら、船頭のお仕事は……」

伝次郎は味噌汁をすすってから千草を見た。

「するさ。仕事をやめるわけにはいかねえからな。だが、合間を見て町方の助はつづける。下手人を放っておくわけにはいかねえ」

「……伝次郎さんって、やっぱり」

千草が言葉を切って、ふんわり微笑んだ。

「なんだ……」

「やっぱり、元は御番所の同心だったんだなって、思うんです」

「そうか。……でも忘れていることや、忘れかけていることもある」

伝次郎は妙な照れくささを感じた。

町奉行所の同心だったということに、わずかながらの矜持《きょうじ》があるのかもしれない。そのことを誤魔化すように飯を頬ばった。

その朝は、先に伝次郎が家を出た。千草は後片付けと家の掃除をして、自分の家に帰るはずだ。長屋の連中は二人の関係に気づいていたが、何もいいはしない。むしろ好ましく思っているようだった。

伝次郎は高砂町へ行く前に、山城橋のそばに置いている自分の舟を見に行った。ここ数日使っていないので、舟底に淦《あか》がたまっていた。それを掬《すく》いだした。一瞬、舟で行こうかと思ったが、聞き調べはほとんどが足を使っての仕事だ。つかんだ舫をそのままにして雁木をあがった。

高砂町の自身番には、いつもの顔が揃っていた。

松田久蔵と中村直吉郎が、書役のそばに座り、伝次郎は上がり框に腰掛けた。他の者は表や土間に立っていた。

「丈太郎が見つけた頭巾だが、相模屋に聞いたところ、三人の役者の名がわかった。いずれの役者も稲荷町だが、これからその三人をあたる」

年長の久蔵が、昨日わかったことを復唱してつづけた。

「藤川駒太郎《ふじかわこまたろう》、瀬川門蔵《せがわもんぞう》、浅尾宇十郎《あさおうじゅうろう》という役者だ。今月は中村座に勤めているのがわかっている。だが、この三人は直吉郎にまかせる。それほど人数を割くほどのことではないからな。他のものは昨日に引きつづいての聞き調べだ。だが、昼には一度戻ってきてくれ。その頃には役者のこともわかっているだろうし、新しい手掛かりが見つかっているかもしれぬ。何かあるんだったらいってくれ」

久蔵がみんなを眺めると、隣にいた直吉郎が口を開いた。

「昨夜から今朝までだが、何か思いついたことや気づいたことなどはないか……」

直吉郎は鋭い切れ長の目でみんなを見わたした。

「殺された順吉のことなんですが、酒井さんを殺した人間と違うってことは考えられませんか。経緯を考えれば、同じ下手人の仕業のようですが、その辺のことはどうでしょう」

伝次郎だった。

「そりゃあおれも気になったことだ。ひょっとすると、順吉の親を恨んでいるやつの仕業だったんじゃねえかってな。だが、それはもう調べてある」

直吉郎が、障子越しに射し込んできた、あかるい朝日に目を細めていった。

「どうでした？」

「順吉の親は恨まれるようなことはしていないようだし、恨んでいる人間にも心あたりはないってことだ。やっぱりおれたちが推量したように、順吉は下手人の顔を見たから口封じのために殺されたんだろう。そう考えるのが道理にかなっているようだ」

「……そうでしたか」

伝次郎は納得顔で引き下がった。

直吉郎はまたみんなを眺めて、他にはないかと聞いた。

「ないんだったら、早速取りかかろう」

久蔵が引き取って、腰をあげた。それをきっかけに、みんなは自身番を出た。

「旦那、どっちを廻ります？」

伝次郎が表に出るなり、音松が聞いてきた。

「頭巾が拾われたのは弁慶橋だった。あの辺に目を光らせるか」

「あっちは丈太郎がさんざん聞きまわっているんじゃ……」

「聞き調べは何度でもやる。同じ人間をあたっても、昨日と今日じゃ違うことをいうやつがいるだろう」

「へえ、たしかに……」

伝次郎は、彦九郎の小者だった万蔵と立ち話をしている丈太郎を見た。

「丈太郎、どこをあたるつもりだ」

「あっしらは、柳原通り沿いの町屋をあたってみようかと思ってたんですが……」

伝次郎は、それはそれでいいだろうと思った。

「酒井さんの人相書は持っているな。酒井さんは、単独で調べ物をしていたかもしれねえ。下手人のこともあるが、酒井さんが頻繁に顔を出している場所があったら、そこが鍵になるかもしれねえ」

「へえ、承知しやした」

丈太郎は生真面目な顔で頭を下げ、万蔵といっしょに大門通りに向かっていった。

「それじゃおれたちも行くか」

伝次郎は音松に顎をしゃくった。

五

丈太郎は万蔵と組んで聞き調べを開始した。伝次郎に伝えたとおり、柳原通り東外れの神田富松町から順に西の須田町まであたっていくつもりだ。

しかしながら下手人につながる手掛かりが少ないので、聞かれる相手も見当のつかない顔をする。殺された酒井彦九郎を知っている人間もいたが、

「えッ、あの旦那が殺されちまったんですか」

と、みな同じように驚く。

「同心殺しは放っておけることじゃねえ。おれは長年あの旦那に仕えていたんだが、こんなに腹が立って悔しい思いをしたのは、生まれてこの方初めてぐれえだ。何がなんでも探しだしてえ。何でもいいから気づいたことがあったら、高砂町の番屋に知らせてくれ」

万蔵の科白も毎度同じようなものになっている。

丈太郎と万蔵が訪ねるのは、商家もあれば飲み屋や食べ物屋もある。そしてごみごみとした町屋の奥にある長屋にも足を入れた。

酒井彦九郎が頻繁に通っていたような店や、屋敷などは見つからなかった。

丈太郎と万蔵は一刻半ほど別れて聞き調べを行ったが、釣り竿を勢いよく上げるようなあたりはなかった。地味で飽きのくる調べである。

柳原通りは古着屋が多い。それも粗末な縁台を出したり床見世《とこみせ》にしたりと、どの店も簡易な造りだ。そんな古着屋が軒をつらねる通りの間に、茶店や一膳飯屋がぽつんぽつんとある。

「こっちは手応えがありませんね」

茶店で一休みをしている丈太郎は、早くも疲れた顔をしていた。

「聞き調べは辛抱強くやらなきゃならねえ。おろそかにしちゃならねえことだからな。おれは酒井の旦那に、そんなことを何度口酸っぱくいわれたことか……」

万蔵は大きな手で湯呑みを包んでいた。手も大きいし、体もがっちりしていた。背はさほどではないが、横幅があるので体が大きく見える。

「万蔵さんは酒井の旦那の家に通っていたんですよね」

「目をかけられたときから通いだよ」

「給金はよかったんですか……」

「給金……自慢できるようなものじゃねえさ。だけど、金じゃねえんだ」

万蔵はゆっくりと茶を飲んだ。

湯気が葦簀《よしず》の隙間をすり抜けた光に浮かんだ。

「金じゃないって、金は大事でしょう。町方の旦那につきゃ、いくらぐらいもらえるんです？」

「何で、そんなことを聞く……」

万蔵が訝《いぶか》しそうに見てきた。

「どうなってるのか気になってたんです。こういうことって聞きづらいじゃないですか」

「おれならそうじゃねえってことかい。ふん……。まあ、でも人並みには暮らせる程度の金はもらえるよ。まあ、ついてる旦那にもよるんだろうが、駆け出しの大工よりはいいはずだ」

丈太郎は頭のなかで算盤をはじいた。

新米の大工の日当は、おおよそ四百文ぐらいだ。雨などで仕事のできない日もあるから、月に二十五日はたらけば、一万文。一両を五千文の相場だとすれば、二両ということになる。ひとり暮らしなら、何とかやっていける。

「旦那が手柄を立てたときなんか、別の手当とか褒美は出ないんですか？」

「そりゃあ目出度いことだから、気前よく出してもらえるさ」

「いくらぐらいです？」

「いくらって、そのときどきだよ。なんでえ、金のことばかり聞きやがるな」

「いえ、ちょっと気になっていたもんで……」

丈太郎はばつが悪そうに頭をかいてうつむいた。

「岡っ引きより、おれのような小者に鞍替《くらが》えしようとでも思ってんのか」

「そんなことはありません」

「実入りだったら、岡っ引きのほうがずっといいはずだ」

「そうですかねえ」

丈太郎はぼんやりした顔で答えて、昨日会ったお咲の顔を瞼《まぶた》の裏に浮かべた。

何としてでもお咲を取り返さなければならない。それには金がいるが、大金だ。

(どうやって残りの金を作りゃいいんだ)

ずっとそのことが頭から離れない。岡っ引きらしく、町方に協力しながらの聞き調べをしているが、真剣味が薄れていた。

伝次郎は頭巾が拾われた弁慶橋の付近をぶらぶら歩いたあとは、橋際の茶店にどつかり座ったまま動かなかった。聞き調べは音松にまかせ、弁慶橋を行き来する人間に目を光らせていた。

弁慶橋は藍染川《あいぞめがわ》に架かっているのだが、三方から筋違いに渡れるようになっている。階段のついた変則的な造りなので、ちょっとした江戸の名所になっていた。

伝次郎は橋の南側、大門通り前の茶店の床几に座っているのだった。米俵を積んだ大八車がガラガラと音を立てながら通り過ぎれば、棒手振が橋をわたってきた。日傘を差した子連れの女が、橋際にある醬油屋に入っていった。

藍染川の岸辺にある白漆喰《しっくい》の蔵の壁が、川の照り返しを受けていた。大きな風呂敷を担いだ行商人が橋をわたって、北側にある神田松枝町の商家を訪ねるのが見えた。

伝次郎は冷めた茶をちびちびと口に運び、そしてゆっくり煙草を喫んで、通行人に目を光らせつづける。そうしながら、いろんなことを考えていた。

まずは殺された酒井彦九郎のことである。なぜ殺されなければならなかったのか？　これは事件を知ったときから考えつづけたことだった。答えの出ないままに至っているが、忘れてはいけない疑問だ。

そして、酒井彦九郎が殺される前にどこへ行っていたかである。これもまだわかっていない。下手人を探す前に、そのことを突き止める必要がある、といまになって強く思いはじめていた。

もちろん下手人を探す強力な手掛かりが出れば、そっちのほうが先ではあるが、伝次郎は、やはり事件当日の酒井彦九郎の行動が気になって仕方ない。

昼近くになって音松が戻ってきた。

「いやあ、さっぱりわかりませんね」

音松は首を振りながら、額の汗を拭った。

「喉が渇いただろう。喉を癒やしたら、高砂町に戻ろう。中村さんの調べは終わっているはずだ」

「あっしも気になっていたんです」

「戻ったら万蔵と粂吉と、あらためて話をしたい」

「あの二人が何か……」

音松はきょとんとなった。

「あの二人は酒井さんの手先だった。酒井さんのことは何でも知っているはずだ。

だが、あの日のことにかぎってわからないという。だが、何か心あたりがあってもいいはずだ」

「へえ」

伝次郎は差料《さしりよう》をつかんで立ちあがった。

いまだはっきりはしないが、何かぼんやりしたものが見えてきたような気がした。

六

中村直吉郎は三人の役者に会ってきたが、酒井彦九郎殺しとは何の関係もなかった。ただ、頭巾に関しても三人とも同じものを持っていた。

「芝居で使うために求めたらしい。それでもおれは探りを入れてみた。酒井さんが殺された日のことを……」

直吉郎は言葉を切って茶を飲んだ。

高砂町の自身番には、酒井彦九郎殺しの下手人探しをしている全員が詰めていた。

「それも、外れだった。そもそもあの役者らは刀をまともに扱えないからな。だが、人を雇えば別だ。しかし、あの日三人がどこで何をしていたかはっきりしたし、酒井さんに恨みを持つようなこともない」

「それじゃ、また振り出しか……」

久蔵が深いため息をつく。

「聞き調べのほうはどうなんだ？」

直吉郎は全員を眺めたが、みんな首を横に振るだけだった。

「……手詰まりになっちまったな」

直吉郎は煙管をくわえて腕を組む。

自身番内に重苦しい沈黙が漂った。その沈黙を伝次郎が破った。

「頭巾が相模屋で売られたのは確かなんですね」

「そのようだ」

久蔵が答えた。

「同じ頭巾を他の店で売っているようなことはないんですか？」

久蔵ははっと目をみはった。直吉郎はくわえていた煙管を口から外し、ぽんと膝をたたいた。

「そうだ、おれたちゃすっかり相模屋だけで売られていたと考えていた。こりゃあとんだしくじりだ。他の店でも、この頭巾を売っているかもしれねえ。江戸は広いんだ」

直吉郎が頭巾をにぎりしめた。

「よし、他に手はない。もう一度、この頭巾と同じものを売っている店を探すんだ」

久蔵が気負い立った顔になって全員を見た。

「それから……」

伝次郎だった。みんなが伝次郎を見る。

「酒井さんのあの日の動きです。あの日のことは誰も知りません。ここにいる万蔵も条吉も。そうだな……」

伝次郎は万蔵と条吉を見た。二人とも神妙な顔でうなずく。

「酒井さんの奥さんを含めた身内も、わからないといいます。おれはそれを探りたいと思います」

伝次郎は久蔵と直吉郎を交互に見た。

「いいだろう。それはおれたちも気になっていることなのだ。よし、そのことは伝次郎にまかせよう。おれたちはまず頭巾だ。まったく関わりのない代物かもしれないが、下手人が頭巾をしていたのは確かなことだからな」

そういって久蔵は差料を引き寄せた。

それを合図に、みんなは再び探索を始めることになった。ただ、伝次郎は万蔵と粂吉を呼び止め、少し話をしたいといった。

「音松、丈太郎と組んで頭巾の出所探しをしてくれるか」

「わかりやした」

音松が自身番を出ていくと、伝次郎は万蔵と粂吉と向かいあって座った。

「さっきおれがいったことだが、どうだ、何か思いだすようなことはないか？」

伝次郎は万蔵と粂吉を交互に眺める。

「この前も同じことを聞かれましたが、さっぱりわからないんです」

弱り切った顔でいうのは粂吉だった。

万蔵は何かを思いだそうと首を捻っている。万蔵はがっちりとしていて肩幅が広い。こうやって二人並ぶと、実際はそうでもないのだが、粂吉がずいぶん華奢《きゃしゃ》に見える。それだけ万蔵の体格がいいということだ。

「ひょっとすると……」

万蔵が口を開いた。

伝次郎はつぎの言葉を静かに待った。

「関わりのないことかもしれませんが、女を助けたことがあったんです」

「女を……酒井さんがってことだな」

「へえ。一年ぐらい前だったと思うんですが、手込めにされそうになった女を助けたって話を聞いたんです。どこの店だったか忘れましたが、そんなことがありましてね。それで相手の男がどうなったのかわからないんですが、女が難を逃れ無事でよかったといったことがあるんです」

伝次郎は目を光らせた。

女を襲おうとした男は未遂だった。だから、酒井彦九郎は見逃してやった。もしくは、逃げられてしまったということだろうか。

「その女のことはわからないか？」

万蔵は首を振った。

だが、今度は粂吉がひょっとすると、と声を漏らした。

「おれもその話は聞いたことがあります。女の名前も何も教えてもらえなかったんですが、旦那がある日、世話をしたい女がいるんだといったことがあります。確かゆりという名だったと思うんです」

「ゆり……」

「そんな名だった気がします。苦労した女なので、いいもらい手の世話をしたいって。まあ、話はそれで終わったんですが……」

「その女はどこにいる？」

「はっきりはわかりませんが、話は橘町あたりを見廻っているときに聞いたのを覚えてます。まあ、旦那がそんなことというんで、よほどいい女なんだろうなと思いましてね。でも、もうそれきり話には出ませんでしたから……」

「橘町……」

伝次郎はつぶやく。

橘町は高砂町から近い町屋だ。なぜか妙に引っかかることだった。

「女はゆりというんだな」

「そうだったような気がします」

条吉はあまり自信のない顔でいう。

「それで、他に何か思いだすようなことはないか。何でもいい。おまえたちはずっと酒井さんについていたんだ。妙だとか、おかしいと思ったようなことを思いだしてくれ」

「そういわれても……」

条吉が首をかしげれば、万蔵は太い腕を組んで大きな鼻息を漏らす。

「まあ、思いだしたときでいいさ。だが、そのゆりって女のことは気になるな」

伝次郎はそういいながら腰をあげ、そのまま自身番を出た。万蔵と条吉があとからついてくる。

「万蔵、おれに付き合ってくれないか。条吉は松田さんか中村さんの助に走ってくれ」

「わかりやした」

条吉が足早に去っていくと、伝次郎は浜町堀沿いの河岸道に出た。

「旦那、どこへ行くんで……」

「橋町だ」

伝次郎はそのまま歩いたが、高砂橋を振り返った。さっきから心の片隅に、引っかかっているものがわかった気がした。

あの日、順吉は高砂橋の近くで、頭巾を被る下手人とおぼしき侍を見ている。そして、凶行はそのすぐあとで起きている。

なぜ、その侍はそこで頭巾を被ったか？

それは酒井彦九郎を見たからだ。

そして、酒井彦九郎は高砂橋をわたってきたか、河岸道の北のほうからやってきたと考えていい。伝次郎はそっちに目を向けた。先のほうに栄橋がある。これからその橋をわたって橋町に行こうと思っている。

はっと、伝次郎は目をみはった。ひょっとすると、酒井彦九郎はゆりの家に行っていたのかもしれない。

「万蔵、ゆりを探そう」

「ゆりという女は橘町か、その近くの町屋に住んでいるのかもしれねえ。ゆりという名に間違いがなければいいが……」

伝次郎は栄橋をわたりながらつぶやいた。

七

橋の先は久松町で、左に折れると橘町一丁目である。橘町は四丁目まであり、東に横山同朋町《よこやまどうぼうちょう》、南に村松町、北が通塩町《とおりしおちょう》と横山町二丁目となっている。

まず、二人は橘町からあたっていった。手分けしての聞き調べで、一刻後に三丁目の角にある茶店で落ちあうことにした。

伝次郎はゆりを探すと同時に、聞き込む相手には彦九郎の人相書も見せた。事件は近くで起きているのに、知ってるという者もいれば知らないという者もいた。噂好きの江戸雀というが、意外なこともある。世の中とは得てしてそんなものなのだろう。

伝次郎は地道に聞き込みをつづけていったが、ゆりを知っている者には行きあたらない。

（名が違ったか……）

粂吉の記憶に誤りがあった可能性は否めない。それでも他の名を出すわけにはいかないので「ゆり」で通していった。

しかしながら「ゆり」の年齢も容姿もわからない。文字どおり手探りの聞き調べである。

「旦那」

声をかけられたのは、伝次郎が橘町二丁目の青物屋から出たときだった。万蔵が大きな体を揺らしながらやってくる。

「どうした？」

「ゆりの家がわかりました」

「なに、ほんとか！」

「ええ、案内します。いまは留守のようですが、その近所で酒井の旦那が何度も見られていました」

「よく探したな」

伝次郎の声ははずんでいた。

「ゆりの家は村松町です。手習いの師匠をしたり三味線を教えたりしてるようで、なかなかの美人だといいます。教えてくれたのは、近所の煙草屋の婆さんですが、酒井の旦那とゆりが仲良く歩いているのも見ています」

「それはいつ頃のことだ？」

「半年ほど前からっていいますが、実際のとこはわかりません。しかし、月に一度か二度っていいますから、旦那は非番の日に通って来てたんでしょう」

万蔵は案内しながら話す。

「すると、あの日もゆりの家に行っていたのかもしれねえな」

伝次郎はそういいながら、おそらくそうだったのだろうと思った。

ゆりは長屋でなく一軒家に住んでいた。村松町の南側で、通りの反対側は武家地になっていた。小さな家だが、狭い庭も生垣もよく手入れされていた。

「留守なんだな」

伝次郎はゆりの家を眺めてからいった。

「買い物のようです。待っててりゃ帰ってくるでしょう」

近くにゆりの家を見張れる蕎麦屋があった。腹は減っていなかったが、そこで待つことにした。

「おまえは好きなものを食え」

伝次郎は格子窓のそばに座るなり、万蔵にいってやった。

「旦那はいいんで……」

「お茶だけでいい。おれの分も食えばいいさ」

万蔵は遠慮がなかった。盛りそばを二枚注文し、ぺろりと平らげた。伝次郎は格子窓越しに、ゆりの家に目を注ぎつづけていた。

日は西にまわり込んでいる。日を遮る格子の影が、土間に縞模様を作っている。店の前を通る人はさほど多くない。反対側にある旗本屋敷から、主人と思われる侍が家来を連れて出かけたぐらいで、武家地も静かであった。

「丈太郎の見つけた頭巾が決め手になると思ったんですが、わからなくなりましたね」

万蔵が爪楊枝で歯をせせりながらいう。

「おれも頭巾に気を取られすぎていた。だが、人がほしいな。調べることはもっとあるんだから……」

「と、いいますと……」

万蔵が片眉を動かして見てくる。

「例の三人だ」

「やつらですか……確かに、それは忘れちゃならないことで……」

三人とは、大田原金蔵・博徒の祥三郎・浪人の山岡俊吉である。

「おれは山岡俊吉が一番あやしいと思うんです。他人の妻を手込めにし、それを咎めた友達を斬り捨ててるんです。それに旦那が捕り逃がしたのは半年前です」

「そのときおまえもいたのか？」

「いました。やつは腕が立ちます。だから、ひょっとするとやつの仕業だったんじゃねえかと思えて仕方ありません」

「いずれにしろ、三人のことは詳しく調べる必要がある」

「しかし、頭巾がなんの手掛かりにもならなきゃ、丈太郎はがっかりするんだろうな」

万蔵が独り言のようにいった。

「どういうことだ？」

「へえ、丈太郎は手柄をほしがっているんです。話してりゃよくわかります。それにあいつは妙に人の懐具合を気にしやがるんです。金にでも困ってんのかなと思いましてね」

「金に……」

伝次郎は昨夜の丈太郎のことを思いだした。確かに昨夜も褒美の金がどうのといっていた。それに何か奥歯にものが挟まったようなこともいった。

「旦那……」

万蔵を見ると、表を凝視していた。伝次郎もそっちを見た。女がゆりの家に入っていくところだった。伝次郎はすぐに腰をあげた。

第五章　罠

一

ゆりの家の戸口に立った伝次郎と万蔵に、土間奥の台所にいた女が気づき、小首をかしげて、どなたでしょうか、と声をかけてきた。

「つかぬことを訊ねるが、そなたがゆり殿だろうか？」

「はい、さようですけど……」

ゆりは腰につけていた前垂れを外しながらやってきた。訝しむように小首をかしげるが、品のある涼しい面立ちだ。

「わたしは沢村伝次郎という。南御番所の同心・酒井彦九郎さんの知りあいだ。こっちにいるのは、酒井さんの小者を務めていた万蔵という」

ゆりは要領を得ないという顔でまばたきをし、伝次郎と万蔵を交互に見た。

「いったいどういうことでしょうか？」

「酒井さんが殺されたのだ。そのことで訊ねたいことがある」

「えッ……」

ゆりは心底驚いた顔をし、手にまるめ持っていた前垂れを落としてしまった。

「殺されたって……そ、それはいつのことです？」

「話せば長くなるが、お邪魔してよいか」

伝次郎は問いかけには答えずにそういった。

ゆりは伝次郎と万蔵を、すぐそばの座敷にあげてくれた。茶の用意をするといったが、伝次郎は断り、酒井彦九郎がいつどうやって殺され、その下手人がいまだ見つかっていないことなどを手短に話した。

「その日、ひょっとするとこの家に酒井さんが来ていたのではないか……」

伝次郎は大まかなことを話してから、ゆりをあらためて見た。

縁側からの光を受けたゆりは、暗い土間で見たときより年がいっているとわかった。おそらく三十前後だろう。

「見えてました。夕方までわたしと過ごされまして……夕餉をご一緒しませんかと引き留めたのですが、旦那はそのまま帰っていかれました。でも、まさかそんなことに……」

「酒井さんとは長い付き合いだったのだろうか？」

「知り合ったのは、一年ほど前でした。わたしは二年前に主人を亡くしまして、暮らしを立てるためにしばらく薬研堀《やげんぼり》の料理茶屋に勤めていました。そのとき、酔った客がわたしに乱暴をしようとしたのです。そのとき助けてくれたのが、酒井の旦那でした」

万蔵が話したこととほぼ同じである。

「酒井さんは、そなたに婿を世話しようとしていたようなことを聞いたが……」

「はい、わたしは三十路の大年増になりましたが、旦那はまだ若いから勿体《もったい》ない、誰か世話をしてやると熱心でした。ときどきわたしの様子を見に来られたりしまして……」

そこまでいったゆりの目の縁が赤くなったと思ったら、ふわりと浮かんだ涙がつーっと頰をつたった。それがきっかけで、ゆりは両手で顔をおおって泣きはじめた。

伝次郎は落ち着くのを待った。静かな家だった。縁側の先にある小庭に、午後の光があふれている。座敷はよく掃除されていて、床の間の横に三味線が置かれていた。

ゆりは涙をぬぐい、大きく息を吐いて、すみませんでしたと謝った。

「わたし、旦那に親切にされているうちに、惚れてしまって……」

この言葉に伝次郎は驚いた。

まさか、と心中でつぶやき、まばたきをしたほどだ。

「旦那が遊びに見えるのを、待ち遠しく思うようになりました。もう、わたしは嫁には行かない、旦那の妾でよいと思っていたのです」

伝次郎は驚いていたが、万蔵も信じられないという顔をしている。

「つまり、それは酒井さんとそなたは、よい仲だったと……そういうことだろうか？」

「はい。わたしは旦那に惚れていました。でも、殺されたなんて……」

ううっと、嗚咽《おえつ》を漏らしてゆりはまた泣いた。

伝次郎と万蔵は、あきれたように顔を見あわせた。

酒井彦九郎は人柄がよく、軽忽で人に好かれる男だった。だが、どう考えても女にもてるような男ではなかった。ずんぐりした体で、同心にしては愛嬌のある顔をしていた。

それなのに、ゆりのような女が彦九郎に惚れたというのである。その言葉に嘘は感じられないし、ゆりはほんとうに悲しんでいる。

しかし、彦九郎が誰にも行き先を告げずに、外出をするようになったことが、これでわかった。

「それで、酒井さんのその日のことだが、何か変わったことはなかっただろうか」

伝次郎はゆりがひと泣きし、落ち着いたところで、再び声をかけた。

「いつもと同じだったと思います。いつものようにやってきて、楽しくおしゃべりをして、わたしをよく笑わせてくださいました」

「仕事のことは聞いていないだろうか？」

「いいえ、お役目のことは一切口にされませんでした。わたしも聞いてはいけないのだろうと思い、お役目については何も聞きませんでしたし」

「……料理茶屋で乱暴されそうになったといったが、それはどんな客だった？　その客のことはわからないだろうか？」

この問いに、ゆりは真剣な顔になり、視線を短く泳がせてから、伝次郎をまっすぐ見た。

「御蔵前《おくらまえ》で札差《ふださし》をしている徳兵衛《とくべえ》という人です」

伝次郎の目がきらっと光った。

「徳兵衛の店の名は？」

「それは忘れました。わたしは御蔵前で札差を商売にしている人だというのは知っていましたが、詳しいことまでは聞いていませんでしたから」

「徳兵衛という名は偽りではないな」

「偽りではないはずです」

札差は多くない。主の名前がわかっていれば、すぐに割り出せるはずだ。

「酒井さんは仕事柄、逆恨みをされてもおかしくはない。そんな人間に心あたりはないだろうか」

伝次郎はじっとゆりを見つめた。期待できる返事はないと思っての問いかけだっ

たが、

「そんな人にはまったく……」

やはり、ゆりは小さく首を振った。

「それじゃ、そなたがはたらいていた薬研堀の店の名は？」

「笠松屋《かさまつ》です」

二

「御蔵前ですか？」

ゆりの家を出るなり万蔵が聞いてきた。

「徳兵衛という札差のことがわかったんだ。会わずにはいられねえだろう」

伝次郎は足を早めながら応じる。

「それにしてもあの旦那が……」

万蔵があきれたように首を振る。何をいいたいのか、伝次郎にもわかる。

「そのことはおまえの胸にしまっておけ。おれも他言せぬ」

「へえ」

「しかし、酒井さんもいい思いをしたってわけだ。死ぬ前に天が褒美をくれたのかもしれねえ。そんなふうには思いたくねえが……」

「ゆりはいい女ですからね。三十路だといっても、あれならいくらでももらい手があるでしょう」

「たしかに……」

応じた伝次郎は西にまわり始めている日を見た。少しずつ日足が短くなっている。まだ、暮れるには間があるが、油断はできない。伝次郎は足を早めた。

札差は浅草御蔵前に集中している。そのなかでも大きな店は、浅草瓦町《かわらまち》にあった。伝次郎はそのなかの一軒、小玉屋《こだまや》権左衛門《ごんざえもん》を知っていた。

店を訪ねると、おおいに驚きながらも歓待してくれた。

「しかし、何年ぶりでございましょうか、二年三年、いやもっとでしょうか。それにしてもお変わりなく」

権左衛門は客座敷に上げようとしたが、伝次郎は体よく断り、用件を切りだした。

「急ぎの用があるのだ。同じ札差仲間に徳兵衛というものがいるはずだが、店はどこだろうか？」

「それでしたら寿屋《ことぶき》の徳兵衛さんでしょう。店は御蔵前片町《かたまち》ですからすぐにわかります。それで徳兵衛さんが何か……」

権左衛門は好奇心の勝った顔になった。

「聞きたいことがあるだけだ。どうってことはない」

「さようで……。旦那、また遊びにいらしてください」

「ああ」

「それで旦那、ちょいと耳にしたんですが、御番所をおやめになったって、ほんとのことで……」

伝次郎はどう答えようか逡巡《しゅんじゅん》したが、嘘をつくわけにはいかない。

「ほんとうだ。いまは南町の手伝いをしている。また用があれば来よう」

権左衛門は噂好きの男だ。伝次郎はその権左衛門を振り切るように店を出た。

教えてもらった寿屋は、鳥越川《とりごえがわ》に架かる天王橋《てんのうばし》（鳥越橋ともいう）をわたってすぐのところにあった。日光道中に面している店だった。

「徳兵衛はわたしですが……」

店に入って帳場に座っている男に訊ねると、脇にある部屋から出てきた男がそういって、伝次郎と万蔵を見た。人を品定めするような目つきだった。

「南町の手伝いをしている沢村という。二、三訊ねたいことがあるので暇をもらえまいか」

徳兵衛は帳場の裏にある小座敷に上げてくれた。

札差は蔵米《くらまい》取りの旗本と御家人に受給される米を、代理で受けたり売ったりする商売だ。しかし、多くの蔵米取りは将来支給される蔵米を担保に、金を融通してもらうことが多い。この利子が大きな利益となって、札差を富ませていた。

「笠松屋という薬研堀にある料理茶屋を知っているな」

伝次郎は徳兵衛と向かいあうなりいった。

「へえ、存じあげておりますが、ここしばらくは行っておりません」

「そこで仲居か女中をやっていた、ゆりという女を知っているな」

徳兵衛は眉を動かし、額にしわを走らせた。

「さあ、どんな女中でしたか……」

「覚えておらぬか。では、酒に酔って乱暴しそうになった女がいたはずだ。そのとき、南町の酒井彦九郎という同心が止めに入った。こういえば思いだすだろう」

途中で徳兵衛は、はっと息を呑んだ顔になった。

「あれは……」

徳兵衛は顔を赤くして声を詰まらせた。思いだしたくない記憶なのか、それとも疚《やま》しい気持ちがあるからなのかわからない。

「その後、酒井さんに会ったことはないか」

伝次郎はまっすぐ徳兵衛の目を見ながら訊ねる。どんな表情の変化も見逃さないという目である。

「ありませんが、もうあのことはすんだことですし、酒井様も許してくださいました」

「のようだな。だが、その酒井さんが殺されたのだ」

「えッ！　まことに……」

徳兵衛は目をまるくして驚いた。芝居かもしれない、と伝次郎はその表情を見る。

「知らなかったか？」

「はい、いつのことです？」

伝次郎はあらましを話した。

徳兵衛は膝の上に置いた手を、さかんに揉んでいた。

「その日、おまえさんはどこにいた？」

「どこにって、まさかわたしを疑っておいでなのですか。わたしにはそんな恐ろしいことはできません」

「そんなことは、こうやって顔を見ていればわかる。念のために聞いているだけだ」

「あの日は……」

徳兵衛は目を天井の隅に向け、指を折りながらしばし思案した。

伝次郎は静かに待つ。

「この店にいたはずです。いえ、いました。店のものに聞けばわかることです」

徳兵衛は心外だったのか、疑いを晴らそうと、帳場に座っていた番頭を呼び、彦九郎が殺された日のことをしゃべらせた。前もって示し合わせていたとは思えないので、偽りはないようだ。

「その笠松屋でのことだが、酒井さんにどのように説教された？」

「あ、いえ、それがよく覚えていないんです。あのときはかなり酩酊《めいてい》しておりまして、またお叱りを受けたあとで、別の店で飲みなおしましたし……」

徳兵衛は恥ずかしそうに頭を掻きながら答える。

「さようか。では、酒井さんを恨んだり、根に持ったりはしていなかったというわけだな」

「そんな……滅相《めっそう》もありません」

徳兵衛は顔の前で手を振って答えた。

伝次郎と万蔵が寿屋の表に出たときは、日が落ちかけていて、往来を行く人々の影が少し長くなっていた。

「万蔵、しばらく寿屋を見張ってくれないか」

「寿屋を疑っているんで……」

「札差は侍に顔が広い。もしもということもある」

「わかりました。それから、下手人ですが、ゆりの家も知っていたのかもしれませんね」

「うむ。おれもそれは考えたことだが、よくはわからんな」

応じた伝次郎は、ひょっとするとゆりという女も、調べる必要があるかもしれないと思った。

三

その日の夕方、頭巾について新たなことがわかった。

上野にある信濃《しなの》屋という呉服屋で、同じ頭巾が大量に売られたことがわかったのだ。

「あっしも見せてもらいましたが、まったく同じ宗十郎頭巾です。どんな客が買っていったかは、わからないといいます」

調べてきたのは久蔵の小者・八兵衛だった。

「客の名簿はつけてないのか？」

聞くのは久蔵である。高砂町の自身番には、探索にあたっているもの全員が帰ってきていた。

「得意客の帳面はありましたが、頭巾を買った客の名前まではつけていないんです。

さほど高い品物じゃないからでしょう」

「いったい何枚出まわってるんだ？」

「信濃屋は三十枚は売ったといいます。それに浅草にも同じ頭巾を売ってる日吉屋《ひよし》という店があるってんで、そっちもまわってきましたが、二十枚ばかり売れたといいます。こっちも誰が買ったかはわからないといいます。それも三年ほど前の話です」

伝次郎は腰高障子をあぶっていた日の翳りを眺めていたが、つと顔を八兵衛に向けた。

「三年前ということは、いまは売っていないということか」

「へえ、もう扱っていないそうです。信濃屋も浅草の日吉屋もです」

久蔵と直吉郎が同時にため息をついた。伝次郎も大きな期待はしていなかったが、やはり落胆せずにはいられなかった。

「頭巾から下手人を追っていくのは難しいってことか……」

直吉郎が指先で唇を撫でながらつぶやいた。

「あきらめるしかないな。それで伝次郎、件の日の彦九郎のことがわかったようなことをいっていたが……」

久蔵は煙管をつかんでから、伝次郎を見た。

「あの日、酒井さんがどこにいたか、それがわかりました」

全員、伝次郎に注目した。

伝次郎はゆりから聞いた話を丹念に話し、徳兵衛のことを付け足した。

「札差の寿屋徳兵衛に会ってきましたが、酒井さんに恨みを持っていたようには見えませんでした。ですが、念のためにしばらく寿屋は見張ったほうがいいでしょう。裏で人を動かしたってこともあるでしょうから」

「そうか、そんなことがあの彦九郎に……」

久蔵はちょっと信じられないという顔をしてつぶやいた。

「このことは、酒井さんの奥さんや子供たちのことを考え、ここだけの話にしておいたほうがいいでしょう」

伝次郎は久蔵と直吉郎の顔を見てから、近くに控えている他のものたちに、そう心得ておけ、と命じるようにいった。

「こうなると、本腰を入れて例の三人を探っていくしかないってことか……」

直吉郎が舌打ちをして、宙の一点を凝視した。

例の三人とは、酒井彦九郎に恨みを持っていそうな男たちのことだ。

大田原金蔵、やくざの祥三郎、浪人の山岡俊吉――。

この三人は疑わしいだけで、下手人だと特定する証拠などはない。だが、振り出しに戻った以上、あらためて調べる必要がある。

「ひとまず引きあげだ。明日からのことは、上役と相談してどうするか決める。みんなご苦労だった。伝次郎、おぬしも休んでばかりはおれぬだろう。とにかく明日、上役と相談してみる。新たな動きがあったら、すぐに連絡しよう」

久蔵はこれまでの探索に一旦けじめをつけ、初手からやり直す方針を示した。

「寿屋のほうはどうします？」

「それは万蔵と粂吉にまかせよう」

二人は酒井彦九郎の小者だった。久蔵はそのことを考えて決めたようだ。伝次郎も異存はなかった。

その後、自然解散となり、伝次郎は音松といっしょに浜町堀沿いの道に出た。すぐ先に丈太郎の姿があった。住まいは難波町だから帰り道が同じ方角なのだ。だが、なんとなく元気のない足取りだし、肩を落としているように見えた。

強力な手掛かりと思われた頭巾を見つけたのは、丈太郎だったし、その後、相模屋のことを調べたのも丈太郎だった。

しかし、その線から下手人に迫ることは難しくなった。手柄を立てられると思っていただろうから、力を落とすのも無理はない。

「丈太郎……」

伝次郎は声をかけた。丈太郎が立ち止まって振り返った。

「一杯付き合え。それとも何か用事でもあるか？」

「いいえ」

それでは、と伝次郎は難波町裏河岸にある居酒屋に入った。同心時代に何度か使ったことのある店だったが、店主は代替わりしていた。

「早く片をつけたかったが、うまくいかないもんだ。それだけ下手人が周到だったということだろうが……」

伝次郎はそういってから盃に口をつけた。

「明日からどうするんです？」

丈太郎は伝次郎と音松を交互に見る。

「調べは中止になったわけじゃない。この先どうするかは、松田さんが明日上役らと話しあって決めるはずだ。だから、しばらくは指図があるのをおとなしく待つだけだ」

丈太郎は悔しそうに唇を嚙んでうつむき、すぐに顔をあげた。

「こんなことはよくあるんですか？」

「しょっちゅうはねえさ。だけど、はじめの調べは肝心だ。松田の旦那や中村の旦那が慎重になるのは、無理もない。的外れの探索をしてたら目もあてられないだろう」

音松だった。伝次郎についていた男だからよくわかっている。

「そうですか」

「ここにいる沢村の旦那は、身内と同じぐらい悔しい思いをされてるはずだ。だけど、あんまり熱くなると、まわりが見えなくなる。見落としもあるだろう。悲しい思いを一心に抑えてらっしゃるんだ」

「音松、おめえも知ったふうな口を……」

伝次郎は苦笑いをして音松を見た。

「だけど丈太郎、おめえは酒井さんが斬られたとき、真っ先に駆けつけた男だ。何とかしようじゃねえか。おれも酒井の旦那を知っている男だ。あきらめねえで、この件には関わっていく腹だ」

音松は目刺しを口に放り込んで酒を飲んだ。

「もちろんです。なんとか下手人を見つけて捕まえたいと思ってんです」

丈太郎は目を光らせて酒をあおった。

伝次郎は丈太郎の気概を見た気がして、少しだけ安心した。ひょっとすると飽きっぽくて投げやりな男ではないかと思っていたが、どうやら違うようだ。

しばらくはこれまでわかっていることを交え、それぞれに推理したことを話しあったが、そのうち伝次郎の船頭仕事や、音松の商売にまで話は発展した。

「そろそろお開きにするか」

三人で一升ばかり飲んだところで、伝次郎がいった。

四

伝次郎と音松を見送った丈太郎は、難波町の自宅長屋に帰ったが、胸の奥にもやもやとした始末のつかないものを感じていた。

水を立てつづけに飲んで、どっかりと居間であぐらを掻いたが、やはり吹っ切れないものがある。酒井彦九郎殺しの一件ではない。

（お咲……）

胸のうちでつぶやいた。

昼間、町方の手先となって動いているときも、お咲のことは頭から離れなかった。早く連れに行けばいいのだろうが、先立つものがない。金のないことに忸怩《じくじ》たる思いがあり、自分のことを情けなく思う。

「くそッ」

丈太郎は膝許の畳に拳を打ちつけた。

金さえあればと思うが、残金の四十五両は大金だ。容易く拵えられる金ではない。

さっき、伝次郎と音松と飲んでいるとき、いかほどの稼ぎがあるのだろうかと勝手に考えてみた。金は音松のほうが持っていそうだ。

だからといって、金を借りるほど親しくはない。伝次郎には、困ったことがあったら相談に乗るといわれているが、やはり金のことは切りだしにくい。

しかし、何とかしなければならない。このままだと無駄に日がたっていくだけだ。お咲は縒りを戻したがっている。それは丈太郎も同じだった。

「どうすりゃいいんだ」

丈太郎は独り言をいった。

行灯はつけているが、家の中は薄暗かった。その薄闇の中で目を光らせる。できるものなら泥棒でもやってしまいたいと思った。

(もう一度掛け合ってみるか……)

花町の錦次郎も人の子だ。それに一家を構えている親分である。誠意をもって話せば、無理を聞いてくれるかもしれない。

そう思った先から、いや相手は堅気ではないのだ、世間並みの道理は通らないだろうと思いもする。

しかし、じっとしていることができなくなった。丈太郎は思いきって長屋を出た。自然、足は本所のほうに向かう。

外はすっかり暮れているが、まだ時刻は早い。おそらく五つ（午後八時）まで半刻はあるはずだ。

丈太郎は歩きながら自分を鼓舞《こぶ》した。おれだって町の親分だ、無法なやくざと違い、おれには町奉行所の息がかかっているのだ、と自分にいい聞かせた。

人の姿がまばらになった両国広小路を抜け、大橋をわたって本所に入った。竪川沿いの河岸道を辿る。小料理屋や安っぽい縄暖簾のあかりが、黒々と延びている竪川に映り込んでいた。

「おい、丈太郎じゃねえか」

ふいの声をかけられたのは、本所緑町四丁目まで来たときだった。振り返って背後を見ると、一軒の居酒屋の暖簾を、片手で撥《は》ねあげている公三郎がいた。

「これは公三郎さん」

「ちょうどよかった。おめえに話があるんだ。明日でもおめえに会いに行こうと思っていたところだ。ちょいと来な」

公三郎は顎をしゃくって、自分のいた居酒屋に入れという。丈太郎は短く逡巡してから公三郎のいる店に入った。

そこには為蔵もいた。ゾクッとするような冷たい目を丈太郎に向けてから、手許の酒に口をつけた。

「どこへ行こうとしてたんだ。ひょっとして、錦次郎親分の家なんじゃねえか」

「そうです」

丈太郎が答えたとき、店の女が注文を取りに来た。公三郎が勝手に注文してくれる。

「行ったって今夜は会えねえよ。親分は深川で寄合だ。帰りは遅いだろう。だけど、ひょっとして……」

公三郎は、はたと気づいたような顔を丈太郎に向け、

「金をこさえたのか?」

と、目を見開いた。為蔵も顔を向けてきた。

「いえ、残りの四十五両は大金です。容易く拵えられやしませんよ」

「だろうな。だがよ、その金は揃えなくていいかもしれねえ」

「えッ！　ほんとですか……」

丈太郎は目を輝かせた。

「そうなるかもしれねえ。親分がそういってんだ。何でもおめえに相談したいことがあるってな」

「どんなことです？」

酒が届けられたので、丈太郎は公三郎と為蔵に酌をしてやり、自分は手酌した。

「そりゃあ、おれにはわからねえことだ。明日にでも親分から聞くんだな」

嬉しい話ではあるが、やくざの親分からの相談がどんなことであるか、不気味でもある。しかし、大金を作る苦労がなくなったのはよいことだ。

「お咲は元気ですか？」

「ああ、元気だ。明日の話次第では、すぐにお咲を返してもらえるかもしれねえぜ」

「ほんとですか」

丈太郎は今夜こっちに来てよかったと心底思った。ここ数日思い悩んでいたことが一挙に解決しそうなのだ。

「それもまあ、親分の腹次第だろうが、うまく話をすることだ」

「へえ、そのつもりです。それでちょいと聞きたいんですが、あの親分はお咲に手を出しちゃいないでしょうね」

「その心配はねえよ。親分は消渇《しょうかち》だ。あっちのほうは役に立たねえらしい」

消渇とは糖尿病のことである。錦次郎がそうだからといって、丈太郎はすっかり安心したわけではないが、少なからず安堵はした。

もっとも手をつけられていたとしても、お咲がちゃんと自分のもとに戻ってくるなら、あえて文句はつけないつもりだった。大事なのは自分に対するお咲の気持ちだと考えていた。

「それで、明日のいつ頃親分の家に行けばいいんです」

「今夜は、親分は遅くまで飲んでるはずだ。昼過ぎがいいと思うぜ。夕方でもいいけどな」

「いえ、こういうことは早いほうがいいでしょう。明日の昼過ぎに行きます」

丈太郎は勢いよく酒をほした。

そんなに長く仕事を休んでいたわけではないが、伝次郎は自分の猪牙に乗り込んで、ずいぶん久しぶりのような気がした。

五

やさしく舟板を撫でてみる。新調してまだ日の浅い舟なので、木の香りがかすかに残っている。

棹をつかんですっと川の中に落とした。コツン、と川底にあたる手触り。腕に力を入れて、ぐっと川底を押すようにして舟を進めた。

舟はすうっと川面を滑った。係留している山城橋のたもとから離れ、六間堀を南へ下って行く。

まだ朝の早い時刻だった。おそらく六つ半（午前七時）ぐらいだろう。

しかし、河岸道には人の姿が増えている。道具箱を担いだ職人、朝の商いをしている行商の納豆売りや豆腐屋、これから登城する幕臣の姿もちらほら見られた。

小名木川に出ると、舟を東に向けた。

高橋《たかばし》の手前に船宿・川政《かわまさ》の舟着場がある。舟のほとんどはまだ舫われたままだ。今朝は船頭らの出勤が遅いようだ。

伝次郎はしばらく川政の舟着場に舟を止めて、煙管を吹かした。朝のまぶしい光が小名木川をきらきらと輝かせている。

紫煙が川風に攫《さら》われていった。空から鳶が声を落としてくる。

伝次郎は酒井彦九郎殺しについて考えた。昨日までと違い、心が落ち着いていた。冷静になれるのは、自分の舟に戻ったからかもしれないが、酒井彦九郎の死から日がたったせいかもしれない。

もちろん、彦九郎の死は悲しいし悔しくてならない。だが、そんな女々しさを残していては、事件は解決しない。

今日は松田久蔵と中村直吉郎が、上役の同心と今後の探索方針を相談する。それで今後の動きが決まるはずだ。だが、伝次郎は自分でも何か考えるべきだと思っていた。

万蔵と粂吉が寿屋徳兵衛の見張りにあたっているが、正直なところ伝次郎はあまり期待していなかった。徳兵衛はおそらく今回の殺しにはからんでいないだろう。

むしろ、気になるのはゆりだった。なぜ、ゆりのようないい女が、酒井彦九郎と深い仲になったのか、それが解せないところである。

（裏があるかもしれない）

そう思いもするが、よくよく考えると、辻褄《つじつま》の合わないこともある。

もし、ゆりが下手人とつるんでいる女だったら、何も手間暇かける必要はなかったはずだ。それに、ゆりと彦九郎が仲良く歩いているのを、近所の者たちが見ている。下手人の手先なら、そんな目立つようなことをするのはおかしい。

「よう、伝次郎さん」

背後の雁木から声がかかった。伝次郎は我に返って、振り返った。

川政の船頭・佐吉《さきち》だった。伝次郎は煙管を舟縁に打ちつけて、遅いじゃねえか、と職人言葉でいった。

「今日はみんな遅いんだ。昨夜、祝言《しゅうげん》があってね」

佐吉はゆっくり雁木を下りてきた。

「祝言、誰のだい？」

「うちの女中だよ。お国《くに》って女がいるだろう。あいつがようやく嫁に行ったんだよ」

「へえ、お国が嫁に。そりゃ目出度いことだ」

お国は目のくりっとした、色の黒い女だった。川政の女中の中で一番若かったから、よくからかいの対象になっていた。

「ここんとこ仕事してなかっただろ。山城橋のほうに行くと、いつも伝次郎さんの猪牙があったが……」

「いろいろ野暮用が重なってな。どれどれ、それじゃそろそろ仕事にかかるか」

伝次郎は腰をあげると、棹をつかんだ。

「ああ、気張って稼がなきゃなァ」

そういう佐吉に、伝次郎は小さくうなずいて舟を出した。

小名木川をゆっくり東へ向かった。朝日が正面から射してくる。夕日とは違う、まぶしい光は小波を打つ小名木川の水面を銀鱗のように輝かせている。

早朝の風には、かすかに秋の気配が感じられた。空気も一月前に比べると、ずいぶん張り詰めている。

伝次郎はゆっくり舟を流すように進める。河岸道から声をかけられるまで、そうしようと思った。いろいろ考えることはある。

もちろん、酒井彦九郎殺しの一件についてだ。これまでの聞き調べで判明したこと、彦九郎が殺されたときの状況を重ね合わせてみる。

下手人は手練《てだ》れだ。そして、巧妙かつ大胆だ。その人物像はまったく濃い霧の向こうにあって、その影さえ見えない。

疑わしき男が三人いるが、それも下手人と特定できる証拠はない。

伝次郎はゆっくり舟を操りながら、遠くを眺める。

いつしか新高橋を過ぎていた。両側は大名屋敷と旗本屋敷だ。右手の小倉《こくら》藩小笠原家抱《かかえ》屋敷を過ぎると、稲刈り間近な八右衛門新田《はちえもんしんでん》が広がってきた。

稲穂が風に揺れ、さわさわと音を立てている。それにヨシキリの声が混じった。

もうこのあたりは江戸の外れ、しかも本所の外れである。商売にはならない。伝次郎は南十間川《みなみじっけんがわ》に入って北上した。清水橋《しみずばし》をくぐって竪川に出ると、今度は西に向かった。そのまままっすぐ行けば、大川に出る。

伝次郎は新辻橋《しんつじばし》の手前で、舟を岸につけて客待ちをした。柳原町三丁目の岸辺である。対岸は同一丁目だ。

煙管に火をつけて一服していると、行商人から声をかけられた。神田佐久間河岸《さくまがし》までやってくれという。

「どうぞ、気をつけてくださいよ」

伝次郎は器用に棹を使い舟を安定させて、客を乗り込ませる。客となった行商人は、ずいぶん大きな風呂敷包みを背負っていた。

「この舟は新しいねえ」

客は嬉しそうにそんなことをいった。手で舟板を撫でもする。

「新しく造ったばかりですから……」

「へえ、そうだろうね」

客は煙草を喫み、自分は古道具屋でほうぼうを歩きまわっているが、やっと過ごしやすくなったと独り言のようにいった。

「夏は暑くっていけねえ。かといって寒いのも難儀だけどねえ。船頭さん、あんたはずいぶんやさしく舟を操るね。やけに乗り心地がいいよ」

「舟がいいんでしょう」

軽く応じた伝次郎は、大川に出ると棹から櫓に換えた。

神田川に入り、和泉橋《いずみばし》の手前で古道具屋を降ろすと、具合よくつぎの客を拾うことができた。今度は深川にやってくれという。足の悪い老人で、若い女が付き添っていた。何でも深川仲町《なかちょう》に腕のいい鍼灸《しんきゅう》師がいるらしい。そこに行くのだという。

伝次郎は大川を下ると、油堀に入り、客を黒江橋《くろえばし》のそばで降ろした。それから富《とみ》岡橋《おかばし》のそばまで戻って、客を待った。

客待ちは概して橋のそばが多い。河岸場に近いし、橋の上から客に見つけてもらいやすいということもある。

ところが富岡橋では、なかなか声をかけられなかった。煙草を喫んだり、水筒に口をつけたりしているうちに、昼近くになった。飯を食おうと思ったときに声がかかり、垢離場《こりば》まで客を運ぶことになった。

垢離場は大橋のすぐそばにある。これから大山《おおやま》詣りに行くという旅人が水垢離《みずごり》をするところでもあるが、ちょっとした盛り場にもなっている。飯屋もあるので、大川を眺めながら昼餉をすます。

食後の茶をすすりながら、この川の向こうで酒井彦九郎が殺されたのだと、あらためて思った。そして、松田久蔵と中村直吉郎は、どんな探索方針に切り換えるのだろうかと気になった。すでに、今後のことについての話しあいはすんでいるはずだ。

(夕方、様子を見に行ってみようか……)

伝次郎は飯屋を出ると、再び自分の猪牙に戻り、竪川に入って二ツ目之橋のそばに舟をつけた。舫を雁木に繋いだとき、河岸道を歩く男に目がいった。

(丈太郎……)

河岸道を東のほうへ歩き去っていった。伝次郎は目を凝らした。やはり、高砂町の岡っ引き・丈太郎にまちがいなかった。

六

本所花町の錦次郎一家を訪ねると、すぐに客座敷に通された。縁側で足の爪を切っていた錦次郎がゆっくり立ちあがり、座敷に置かれた煙草盆のそばにどっかりと腰をおろしてあぐらを掻いた。そこには公三郎と為蔵の姿もあった。

「よく来てくれた。昨夜、この二人とばったり会ったらしいな」

錦次郎は長煙管をつかんで丈太郎を見た。

「へえ、じつは親分に会いに行くところだったんです」

「話は聞いただろう」

錦次郎はすっかり禿げている頭をつるっと撫で、手に持っている煙管の吸い口で、自分の唇をなぞった。昨夜の酒が残っているのか、少し目の縁が赤かった。

「お咲を返してもらえるそうで……」

「ああ、そうさ。何だったら熨斗《のし》をつけ、祝儀を出してもいいぜ。目出度く元の鞘に納まるんだからな」

錦次郎はからかうように薄く笑ったが、目には変化がなかった。

「祝儀だなんて……。それで、何でもあっしのような男に相談があるとか。そう聞いてますが……」

丈太郎は部屋の隅に控えている公三郎を見て、すぐ錦次郎に視線を戻した。

「他でもねえ大事な相談だ」

錦次郎は据わった目で、ひたと丈太郎を凝視した。やくざ特有の目である。丈太郎の背筋にゾクッとした悪寒《おかん》が走った。

錦次郎は短い間を置いてつづけた。

「三笠町の万平は知っているな」

「へえ、顔ぐらいなら知ってます。話したことはありませんが……」

「おめえさんは、その万平親分の子分を痛めつけたことがあるな。八十五郎って野郎だ。そして、その野郎がお咲を手込めにしようとしやがった」

「……」

「八十五郎のことをこのまま放っておく気かい。それとも話をつけるか？」

「それは、お咲から詳しいことを聞いてから考えようと思ってんです」

「なるほど。正直なところ、おれはすぐにでもおめえさんにお咲を返してやりてえ」

丈太郎は胸の内で身構えた。すぐには返してくれないということか。

「だが、おめえさんは金を拵えられねえ。そうだな」

錦次郎は見越したようなことをいった。丈太郎は算段をしているところだと答えたが、

「その算段はつきそうかい？　つくんだったらいつだ？」

と、切り返された。

「それは……」

「残りは四十五両だ。町の目明かしに容易くは拵えられねえだろう。そこでおれの頼みと、お咲を引き替えにしようじゃねえか」

「頼みって、何です？」

丈太郎はいやな予感がした。

「三笠町の万平が邪魔だ。あの一家は何かとおれたちの縄張りに、ちょっかいを出しやがる。おれの開帳場を荒らしもする。放っておけねえ野郎だ。おれの一家に比べりゃ小さな博徒だが、目障りでしょうがねえ」

やはり丈太郎の予感はあたった。

「殴り込みをかけてぶっつぶしてもいいが、町方が出張ってきていろいろ聞かれることになるからあとあと面倒だ。万平を殺《や》ってもらいたいんだ。そうすりゃお咲を黙って返してやる。さっきもいったが祝儀もはずんでやる。五十両だ」

「……」

「お咲も返ってくりゃ、銭にもなる。ダニのような野郎も消える」

丈太郎は大きく息を吐いて、膝許の畳を見た。座敷はあかるかった。縁側の先にある小庭は、もっとあかるい光に満ちていた。

だが、丈太郎の気持ちは、暗く沈み込んでいた。

「万平はおめえさんのことを知らねえ。いがみ合ってる相手でもねえ。うまく闇の中に葬れば、おめえさんの仕業だってことはわかりゃしねえ。それに、この二人が手伝ってくれる」

丈太郎は公三郎と為蔵を見た。為蔵はいつものように無表情だったが、公三郎は小さくうなずいた。

「あっしが断ったらどうします？」

丈太郎は毅然《きぜん》と顔をあげて錦次郎を見た。

「お咲はおめえさんのとこに、二度と戻らないってことだ。お咲はまだ二十四だ。女郎にするにはちょいと薹《とう》は立っちゃいるが、買い手は腐るほどある」

錦次郎の目の奥に、ギラッと凶悪な光が垣間見えた。

「いずれにしろ、万平の息の根は止めなきゃならねえ。おれは何もかもおめえさんに打ち明けたことになる。それなのに断られちゃ、おおいに迷惑だ」

丈太郎は生唾を呑み込んで錦次郎を見る。膝頭を両手で強くつかみ、息を吐いた。

「相談を受けなきゃならねえってことで……」

「断ったら、おめえさんは長生きできねえと思ったほうがいい」

丈太郎は完全に罠に嵌《は》まったと思った。

しかし、どうにもしようがない。それでも忙しく頭をはたらかせた。お咲を返してもらい、そのまま江戸を離れるのだ。先のことはどうにかなるはずだ。

「わかりました。だけど、一晩考えさせてもらえませんか」

「一晩……」

錦次郎はごみでも入ったように片目を薄くつむった。

「それから、このままお咲を返してもらうことはできませんか……」

無理な相談だと思ってはいたが、丈太郎は聞かずにはおれなかった。

「返したら相談を受けてくれるっていうのかい。それとも、お咲を返してもらって一晩考えるっていうのかい。おい、それじゃあんまり虫がよすぎるってもんだ。一晩考えるのはおめえさんの勝手だが、お咲を返すのは、おれの相談事が果たされたときだ。それまでは、お咲はこの家で、籠の鳥ってやつだ」

何もかも錦次郎のほうが一枚上手だ。

お咲がいなければ、こんな無茶な話は断りたい。だが、それができない。丈太郎は内心で歯嚙みするしかない。逃げ道がなくなっている。

「返事は明日でいいですか……」

丈太郎は相談を受けるしかないとわかっていても、少し時間がほしかった。

「……いいだろう。公三郎、為蔵、この目明かしの親分を丁重にお送りするんだ」

七

夕七つ（午後四時）の鐘がゆっくり空をわたっていった。伝次郎が浅草駒形《こまがた》堂で客を降ろしたときだった。

その鐘と客を降ろしたのをきっかけに、仕事を切りあげることにした。そのまま川中に猪牙を進めてから迷った。一度自宅に戻って、着替えをしようかどうしようかと。

股引に腹掛け船頭半纏というなりだ。そのまま、高砂町の自身番に顔を出すのは気が引けた。かといって、家に戻るのは面倒だ。

伝次郎はそのままの恰好で行くことにした。松田久蔵も中村直吉郎もいまの伝次郎のことを知っている。船頭姿でも不自然ではない。

伝次郎は薬研堀に舟を繋いで、その足で高砂町の自身番に向かった。当分の間、そこが連絡場になっていた。

今後の探索をどうするのか気になっていたし、寿屋徳兵衛を見張っている万蔵と粂吉からも話を聞きたかった。

町屋を抜け浜町堀に架かる栄橋まで来て、伝次郎は足を止めた。目の前に横たわる堀川は静かに流れている。伝次郎は一度背後を振り返った。

酒井さんは、この橋をわたるまでは浮かれ気分だったはずだ。ゆりと楽しい時間を過ごしたあとである。充足感と幸福感があっただろう。

しかし、この橋の向こうには、予想だにしない地獄が待っていた。極楽は橋の手前までだった。まさに、明と暗をわける橋になったのだ。そして、

(この川が三途《さんず》の川ってことだったのか……)

伝次郎は胸を締めつけられる思いで橋をわたった。

そのまま高砂町の自身番に行ったが、会いたい人物は誰もいなかった。いつも詰めている書役と二人の番太がいるだけだった。

「松田さんと中村さんは、まだ顔を出していないってことか……」

「へえ、音松さんが昼過ぎに見えましたが、旦那たちがいないんでそのまま帰って行かれました」

答えるのは若い番太だった。他の小者たちもまだ来ていないらしい。

伝次郎は何かあったのかな、と暮れゆく空を眺めた。西にまわり込んでいる日は、腰高障子を黄色っぽく染めている。

「それじゃ、丈太郎は来たかい？」

「さっき見えて、旦那たちを探しに行くといってましたが……」

伝次郎は久蔵か直吉郎に会ってから、自分の動き方を決めようと思っていたのだが、これではお預けを食らった恰好である。出された茶を飲んで、しばらく暇をつぶすことにした。

久蔵と直吉郎が来なくても、手先となっている小者がやってくる可能性はある。久蔵は上役と相談して今後のことを決める、と昨日いったのだ。

腰高障子にあたっていた日が翳り、自身番の中が暗くなったが、またすぐに明るくなった。風に流されている雲が、夕日を遮ったのだ。

小半刻ほど待ったが、誰も来る気配がない。ようようと日が翳ってきて、夕靄が通りにかかりはじめてきた。

「今日は何もないのかもしれねえな。誰か来たら、おれが来たことを伝えてくれるか。これからのことを気にしていたと……」

伝次郎が腰をあげていうと、書役がわかりましたと答えた。

ところが、自身番を出たすぐのところで、小者の八兵衛を連れた松田久蔵と出くわした。

「もし会えなきゃ、おぬしの家に八兵衛を走らせようと思っていたところだ」

久蔵はそういってから自身番に入った。伝次郎は後戻りである。

「どうなりました？」

伝次郎は上がり框に座って訊ねた。

久蔵も上がり框に腰をおろす。

「聞き調べは引きつづきやるが、例の三人に加えて、他の人間も探ることにした。

それで、今日は吟味方《ぎんみかた》と顔をつきあわせて帳面調べだ」

例の三人とは、先に名前があがっている容疑者のことだ。上役同心は酒井彦九郎の過去をもう少し掘り下げ、他にも容疑者がいると考えたのだろう。

吟味方には捕縛された人間の罪状などを書いた記録がある。それには捕縛した掛の署名があるから、彦九郎がどんな事件に関わっていたかすぐにわかるのだ。

「寿屋のほうはどうです？」

「さっき、粂吉から話を聞いたが、あやしい動きもなければ、不審な侍との関わりもないということだ。まあ、昨日の今日だから、もう少し探ってみなければわからぬだろうが……」

その言葉には、あまり期待しているひびきは感じられなかった。徳兵衛の見張りは無駄に終わるかもしれない。それは伝次郎も感じていたことだが、軽《かろ》んじることはできない。

「それじゃ、当面は地味な聞き調べですか……」

「そういうことになる」

久蔵は小さなため息をついた。ここ数日、みんなで手分けをして徹底した聞き込みをやっているが成果はなかった。

「わたしも暇を見て聞き調べをしましょう」

「そうしてくれるとありがたい。どうやらこの一件、長引きそうだな」

久蔵はまたため息をついた。事件が起きて数日内に片づけられないと、往々にして探索期間が長くなる。

「それで、新たにこれはという疑わしい人間は絞り込めたんで……」

「まだ、やっている最中だ。直吉郎はまだ吟味方にいる。絞り込めたら、ひとつずつあたっていく」

「それはいつわかるんで……」

「早くて明日、遅くても明後日には、はっきりするはずだ。わかったら音松の家と、おまえさんの家に使いを走らせる」

「お願いします」

久蔵は一杯付き合うかといったが、伝次郎は断った。

「薬研堀に舟を置いたままなんです。また、今度ゆっくりお付き合い願います」

「うむ。気をつけて帰れ」

自身番を出た伝次郎は、そのまま薬研堀に置いている舟に戻った。さっきまでは夕靄がかかっていたが、いまは濃い闇が市中を覆い、空に浮かびあがった明るい月が、薬研堀の水面に映り込んで揺れていた。

伝次郎は舟提灯をつけて、大川を横切るようにわたり、竪川に入った。

久しぶりに船頭仕事をしたので、体に心地よい疲れがあった。舟を降りたら、まっすぐ千草の店に行こうと思った。

調べなければならないことや、やるべきことはやっている。下手人探しの手掛かりがなくなったいまは、腰を据えてかかるしかない。

竪川から松井橋をくぐって六間堀に入る。伝次郎はゆっくり棹を使って、舟を進める。山城橋をくぐると、棹で器用に岸をつかみ舟を岸壁に寄せた。

「沢村の旦那……」

突然の声に、伝次郎はビクッと顔を動かした。

雁木を下りてくる男がいた。その顔が舟提灯のあかりに浮かびあがった。

「丈太郎……」

「相談があるんです」

第六章　対決

一

他では話がしづらいというので、伝次郎は丈太郎を自宅長屋に連れ帰った。

「じつはあっしには別れた女房がいるんです」

居間で向かいあって座るなり、丈太郎はそう切りだした。

伝次郎は眉宇をひそめる。

「些細なことであっしが腹を立て、出て行けといって追いだしたんです。あのときは酒に酔っていまして、本気でいったわけじゃありませんが、女房の野郎、そのまま家を飛びだして帰ってきません。あ、お咲っていうんですが……」

「それで?」

伝次郎には丈太郎が何をいいたいのか、まだよくわからない。

「どうせ実家に帰ったんだろうと思って、二、三日して迎えに行ったんですが、実家にも帰っていなかったんです。じゃあ、長屋に帰ったんだろうと思って家に戻りましたが、そんなこともない。お咲の友達を頼っているのだろうと思いもし、心あたりのある家を訪ねても、そこにもいません。ほうぼうを探したんですが見つからずじまいで……」

「いつのことだ?」

伝次郎は煙草盆を膝許に引き寄せた。

「二年ばかり前です。お咲に似た女を見かけると、そうじゃないかと思って追いかけたことも二度や三度じゃありません。ですが、どうしても見つからない。ところが、先日ひょいとお咲のことがわかりまして、なんとあっしと縒りを戻したいといってるんです」

「そりゃあ、よかったじゃないか」

伝次郎は煙管を吸いつけた。紫煙が行灯のあかりに、雲のように漂った。

「あっしもその話を聞いて嬉しかったんですが、それには裏があったんです」

「裏……」

伝次郎はゆっくり丈太郎の顔を眺めた。

「へえ、もうこうなったら何でもしゃべっちまいますけど、このこと沢村さんの胸に仕舞っておいてもらえませんか」

丈太郎は差し迫ったような目を向けてくる。

「おまえがそういうなら、そうしよう」

「お咲があっしと縒りを戻したいというのは、ほんとうのようなんです。あっしもできることならそうしたいんです。いえ、何としてでも一からやり直したいと思ってんです。ところが、ややこしいことになっちまってまして……」

「何だかよくわからんな。どうややこしいってんだ?」

伝次郎は煙管を灰吹きに打ちつけた。

「本所花町に錦次郎って博徒の親分がいます。その親分の家に厄介になってんです」

「なぜ?」

伝次郎は片眉を動かして丈太郎を眺める。

「お咲はあっしの家を飛びだしたあと、尾上町の茶臼屋という料理屋で仲居をしていたらしいんです。その店で、八十五郎という客に乱暴をされそうになったところを、錦次郎親分が助けてくれて、以来屋敷に引き取って面倒を見てくれてたんです」

「……」

「その八十五郎って野郎は、三笠町の万平一家の子分でして、あっしが一度半殺しにした男なんです」

「意趣返しにお咲に乱暴しようとした、というのか？」

「いいえ、それはわかりません。ただ、危ないところを助けてくれたのが、錦次郎親分だったということです。それだけで、すめばよかったんですが……」

丈太郎は困ったという顔でため息をつき、あとのことを話していった。それは錦次郎のいい分だった。

危ないところお咲を助けてやって、大事に面倒を見ているのだから、五十両でお咲を返す。雨露がしのげ、丁重なもてなしをしているのだから、それ相応のはずだし、丈太郎とお咲は夫婦別れをしているので、これは脅しではなく、筋の通った話だ。金を都合すれば、お咲を返してやるので、あとは縒りを戻して仲良く暮らせばいいだろうということだった。

「しかし、あっしには大金です。手付けだと思ってとりあえず五両わたしたんですが、残り四十五両を拵えなきゃなりません」

伝次郎はなるほどと思った。丈太郎が相生町の河岸道を歩いていたことや、何か困っている顔をしていたこと、そして、万蔵のいった言葉を思いだした。

——あいつは妙に人の懐具合を気にしやがるんです。金にでも困ってんのかなと思いましてね。

丈太郎のことをそういって、万蔵は気にしていた。

「それじゃ、残りの金を都合できないから、おれに貸してくれと、そういう相談なのか?」

伝次郎は丈太郎をまっすぐ見た。丈太郎は首を横に振った。

「へえ、誰かに金を借りなきゃならない、と思っていたのは確かです。ですが、金を作る必要はなくなったんです」

「どういうことだ?」

丈太郎は少し躊躇《ためら》い、膝許に視線を落としてから顔をあげた。

「錦次郎親分は万平一家を煙たがっています。金はいらないから、万平親分を殺してほしいというんです。うまくやってくれたらお咲を返し、おまけに金までくれると……」

伝次郎は息を呑んだ顔になった。

「それに、この話をした手前、受けてくれなきゃ困る。断ったら、お咲とおまえはどうなるかわからねえと脅されもしまして」

「どう返事をしたんだ?」

「一晩考えさせてくれといってあります」

伝次郎は腕を組んで考え込んだ。

どこかですだいている虫の声が聞こえてくるぐらいで、長屋は静かである。

「逃げ道がなくなったというわけか……」

伝次郎はしばらくして口を開いた。

「うまく嵌められたようなもんです」

丈太郎はがっくり肩を落とす。

「本気でお咲と縒りを戻したいと思っているのか？」

「本気です。あいつもあっしとやり直したいといってくれてます」

「そういう話をしたんだな」

「へえ。ほんのちょっとの間でしたが、お咲とあっしの気持ちは同じだというのがわかりました。二人とも二年前のことを後悔してんです」

それなのにこんなことになっちまって、と丈太郎は自分の太股を拳骨で打った。

泣きそうな顔をしている。

「お咲は返してもらいたい。だが、殺しはできない。あたりまえのことだろうが、おまえはどう考えているんだ」

「それで迷ってるからこうして相談に来てんですが……」

丈太郎はすがるような目を向けてきた。伝次郎はしばし考えてから答えた。

「おれも考える。明日の朝、もう一度会おう」

二

丈太郎からの相談は正直厄介だった。できるなら、そんな相談など受けたくなかった。しかし聞いてしまった手前、放っておくわけにはいかない。

伝次郎は昨夜丈太郎を帰したあとで、音松と会っていた。詳細を語らずに、ただ本所花町の錦次郎一家と、本所三笠町の万平一家を探りたいと話した。

音松は酒井彦九郎殺しに関わることかと聞いてきたが、そうではないが、とにかく調べてくれるようにと頼んだ。丈太郎の名前も出さなかった。

伝次郎は山城橋そばの河岸場で、丈太郎を待っていた。雁木の石段に腰をおろして煙管をくゆらせながら、辺りの景色を見るともなしに見ていた。自分の舟は雁木の下に舫っている。潮が引いているらしく、川の水深が浅くなっていた。

江戸にあるほとんどの河川は、潮の干満《かんまん》の影響を受ける。とくに海に近い河川や堀は顕著だ。雁木を蟹《かに》が這っていた。空から鳶が声を降らしてくる。

伝次郎は自分の舟に、刀を仕舞っていた。使いたくはないが、必要に迫られることになるかもしれない。だが、その刀の在り処は乗せた客にもわからない。舟を造ってくれた小平次が、収納できる空間を工夫してくれたのだ。さすが腕のいい船大工だ。

「沢村さん」

背後から声をかけられた。丈太郎だとわかる。

伝次郎は被っている菅笠を少し持ちあげて、隣に座るようにいった。

「昨夜はいろいろ考えさせられた」

伝次郎は開口一番にいった。丈太郎が興味深そうな目を向けてくる。

「これから花町の錦次郎に会いに行くのだな」

「はい」

丈太郎の緊張した顔に、六間堀の照り返しがあたっていた。

「断れ」

それが伝次郎の下した結論だった。丈太郎は戸惑った顔をした。

「おまえは曲がりなりにも岡っ引きだ。北町の嶋田元之助さんに、認められた男だ。おまえだって十手を預かるとき、それ相応の覚悟をしたはずだ」

「……はい」

「それが人殺しを請け負うなんてことは許されねえ。嶋田さんの顔を潰すことにもなる。おまえはお咲のことが気になっているはずだ。断ればお咲と、二度といっしょになれないと考えている。だから、迷っている」

「……そうです」

「ここはお咲のことは一度忘れることだ」

「でも、それは……」

「お咲もほしい、殺しもしたくない、おまけにお咲を貰い受ける金もない。それじゃどうにもしようがない。だからといって、殺しの依頼を受けることはならねえ」

「はい」

「お咲のことは何とかしなければならねえだろうが、それはあとのことだ。おまえが錦次郎の相談を断ったからといって、まさか殺されはしないだろう。とにかく、錦次郎からあった話は断ってくるんだ。あとのことはおれが何とかしよう」

丈太郎の目には狼狽《ろうばい》の色が浮かんでいる。

「沢村さんが頼りですから」

「どこまでできるか、それは出たとこ勝負になるかもしれねえ。だが、うまくいったら、おまえはお咲と一緒に江戸を離れるんだ。岡っ引き仕事を捨てることになるが、恋女房と幸せになることのほうが大切だろう。相手はやくざだ。江戸に残っていれば、どんなことになるかわからねえからな。わかったな」

伝次郎は丈太郎を凝視した。

「わ、わかりました」


丈太郎は二ツ目之橋をわたった、相生町五丁目にある茶店で時間を潰していた。伝次郎と別れて小半刻ほどたっているが、どうにも落ち着かなかった。

しかし、伝次郎の考えはまちがっていない、と丈太郎は思う。お咲のことがあるから、人の取るべき道を見失うのである。だからといってお咲のことを、あきらめているわけではない。

伝次郎はお咲のこともちゃんと考えているといったし、錦次郎とのやり取りについても指導してくれた。

丈太郎は伝次郎を信じ、教えどおりに錦次郎とわたりあおうと思っていた。

床几に腰かけたまま、片足を貧乏揺すりさせていた。前の河岸道を行く人たちの誰もが幸せそうに見えた。自分だけが、運の悪い男のような気がする。

日は徐々に高くなっている。朝日にきらめく竪川を、大小の舟が行き交っていた。猪牙舟に荷舟に艀舟《はしけぶね》、江戸近在の村でよく見られる田舟《たぶね》などいろいろだ。

丈太郎は一度空を見あげて、腹を決めた。錦次郎に会ってきちんと断る。まずやらなければならないことだった。

茶代を床几に置いて立ちあがった丈太郎は、そのまま錦次郎の家に向かった。

「どうでえ、よく考えてくれたかい」

若い男に客座敷に通されて待っていると、廊下から錦次郎が声をかけながら入ってきた。片頬に笑みを浮かべているのは、どうせ刺客を請け負うと決めつけているからだろう。

「まだ、親分はお休み中で早すぎるんじゃないかと思いましたが……」

「なあに、とっくに起きていたよ。おめえさんが来るのを首を長くして待ってたほどだ。それで決めてくれたかい」

錦次郎は遮っていった。

「はい。お断りします」

錦次郎は一瞬、きょとんとなった。

「……おい、おれの聞き違いかもしれねえが、いま何といった？」

「断るといったんです。人殺しを請け負うことはできません。相手があくどいやくざでも、それはできない相談です。親分、おれは町方から十手を預かってる男ですよ」

この家の敷居をまたぐまでは、まったくの小心者だった。心の臓はざわつき、ちんぽこが縮みあがっていた。だが、若い衆に座敷に通されて開き直っていた。

「お咲のことはどうする？」

「返してもらいてえですが、できない相談でしょうから、親分の好きなようにしてください」

「なんだと……」

期待を裏切られたせいか、錦次郎の目に落胆と怒りの混じった凶暴な光が浮かんだ。それまでの笑みは消え、頬がにわかに紅潮し、口が奇妙にねじれた。

「てめえ、女を捨てるってのか。おれの話した相談を蹴ったらどうなるか、昨日いったはずだ」

「長生きできないだろうっておっしゃいましたね。だけど親分、そのことをおれが先に万平親分に教えたらどうなります。まあ、そんなことはしませんがね」

「なにを……」

「もし、万平親分が殺されたら、おれは真っ先に親分を疑います。それがどういうことだかわかりますか」

丈太郎は町の親分といわれる岡っ引きに変身していた。伝次郎に活《かつ》を入れられたので、腹が据わっていた。

「てめえ、ずいぶんと嘗《な》めたことを……」

「お咲を黙って返してくれるなら、万平親分が殺されても、おれは口をつぐんでおきます。親分が疑われることはない。つまり、親分にとってはまるく収まるってことになる」

「おい、今度はおれを……生意気なことをいいやがって……」

錦次郎の目が燃えるように赤くなった。手にした煙管をぶるぶる震えるほどつかんで、さっと丈太郎に投げた。

煙管は丈太郎の頭をかすめて、背後の壁にあたって落ちた。

「てめえのことはよくよく考えなきゃならねえ。朝っぱらから胸糞《むなくそ》の悪いことになりやがった。てめえの面なんざ二度と見たくねえ。帰りやがれッ」

丈太郎はもう一度お咲を返してくれ、といおうと思ったが、どうせ無理だろうと思い直し、ゆっくり立ちあがってそのまま廊下から玄関に向かった。

「おい、誰かいねえか。誰でもいいからこっちに来やがれッ！」

背後で錦次郎の苛立った声がした。

三

河岸道に丈太郎があらわれた。

二ツ目之橋そばの緑町河岸に舟をつけていた伝次郎は、ほっと胸を撫で下ろした。丈太郎は二度ばかり自分の来た道を振り返り、そのまま河岸道を大川方面に歩いていった。

伝次郎はその姿を見送り、丈太郎が出てきた路地を注視した。自分の舟に乗っているが、今日は船頭のなりではない。

着流した縦縞の着物の裾《すそ》をからげ、襷《たすき》をかけ、菅笠を被っていた。丈太郎を追ってくる人間はいなかった。だが、油断はできない。

伝次郎は棹をつかむと、舟を出した。そのまま河岸道沿いに大川のほうへ向かう。丈太郎は二町ほど先を歩いていたが、あっという間にその距離が詰まった。伝次郎は舟を操りながら、何度か背後に注意の目を向けた。

不審な男の姿は、いまのところなかった。伝次郎は、自分の教えどおりに丈太郎が錦次郎とやり取りをしたなら、必ず錦次郎は手を打つと読んでいた。

錦次郎は本所三笠町の万平一家を潰そうと考えている。つまり、万平を暗殺しようとしている。その刺客に錦次郎は、丈太郎を選んだ。

ところが、いまや思惑外れになっているはずだ。万平が殺されれば、錦次郎が疑われる。目的を果たすためには、自分の思惑を知っている丈太郎が邪魔だ。その口を封じなければならない。

(錦次郎は必ず動くはずだ)

伝次郎は河岸道を歩く丈太郎を、追うように舟を滑らせている。ときどき背後に目をやるが、まだ異変はない。

丈太郎が相生町二丁目に達したとき、伝次郎は舟足を速めた。あっという間に丈太郎を追い抜き、一ツ目之橋のたもとに舟をつけた。

櫓床の下にある引き戸を開け、仕舞っていた愛刀・井上真改《いのうえしんかい》二尺三寸四分をつかみ取り、腰に差す。菅笠で顔を隠すようにして、河岸道を歩いている丈太郎を見る。さらにその背後にも注意の目を向けた。

目の前を丈太郎が過ぎると、伝次郎は舟を降りて河岸道にあがった。丈太郎は伝次郎に尾《つ》けられているのを知らない。

本所尾上町の通りから、両国東広小路に入る。見世物小屋や水茶屋の呼び込みの声が盛んになっている。

両国橋の東西にある広小路は、この時分から日が暮れるまで、喧噪を極める。丈太郎は雑踏の中を抜け、両国橋をわたると西広小路の人波にまぎれた。

伝次郎は鷹の目になって丈太郎を見失わないようにした。さらには、丈太郎に急に接近してくる人間はいないかと、そのことにも注意をする。

広小路には、蝦蟇《がま》の油売りに軽業師などの大道芸人がいれば、矢場から太鼓の音が鳴り響き、芝居小屋の呼び込みの声が重なる。丈太郎は周囲のことには目もくれず、米沢町を抜けて行く。

行き先は丈太郎が縄張りにしている高砂町だ。武家地に入ると急に静かになった。伝次郎は少し距離を取り、尾けつづける。

武家地を過ぎれば横山同朋町になり、そこから町屋がつづく。結局、丈太郎に接近するものはいなかった。

日は中天《ちゅうてん》に達し、昼九つ（正午）の鐘が市中の空をわたっていった。

丈太郎は一度だけ難波町にある自宅長屋に戻っただけで、あとは高砂町の自身番を訪ね、その後、晋五という心太売りと会って小半刻ほど話し込んでいた。

晋五は丈太郎が手先として使っている下っ引きだ。見張っている伝次郎には、丈太郎が晋五にどんな話をしたかわからないが、おそらく酒井彦九郎の下手人探しの聞き調べだと推量した。

丈太郎の縄張りは、高砂町・住吉町・難波町の三町である。ときどき見廻るように歩き、町のものたちと軽口をたたいたりしていた。

傍《はた》から見れば余裕がありそうに見えるが、実際は胸の内をざわつかせているはずだ。その証拠に、商家の店先にある床几に腰かけたときなど、貧乏揺すりが止まらない。

動きがあったのはその日の、夕七つ（午後四時）過ぎだった。丈太郎に二人の男が接近したのだ。伝次郎は目を光らせた。

場所は大門通りにある酢醤油問屋の前だった。

名を呼ばれたとき、丈太郎は伝次郎かと思ったが、そこには関わりたくない公三郎と為蔵がいた。

公三郎の目には明らかな敵意の色があった。為蔵も好戦的な目を向けてきた。

「何です？」

丈太郎は二人を見るなり身構えた。

「何ですじゃねえよ。なんで親分に後脚《あとあし》で砂をかけるようなことをしちまったんだ」

公三郎は馴れ馴れしく肩に手を置いて、強く鷲づかみにした。丈太郎は手を払わずに公三郎をにらんだ。

「おめえはお咲と縒りを戻したかったんじゃねえのか。お咲だって親分に泣きついて、おめえのとこに戻りたいといってたんだ」

それをいわれると、丈太郎の胸が張り裂けそうになる。いますぐにでもお咲を連れに行きたいのだ。公三郎はつづける。

「親分の好意を何で無駄にしやがる」

「ああいう相談は受けられないからです」

丈太郎は周囲に視線を走らせてから、公三郎と為蔵を交互に見た。

「万平を黙らせるってことだろう。あのことは、おれたちと組んでやることだったんだ。何もおめえが手を出すってことでもなかったんだぜ」

「……………」

「おかげで台無しになっちまった。十手を預かってるからって、気取るんじゃねえよ。町の岡っ引きだか目明かしだか知らねえが、所詮は同心の使いっ走りじゃねえか。それにお咲のことはどうするんだ？　このままじゃ、お咲はどっかに売り飛ばされて、男たちにいいように弄ばれるだけだ。それでもいいのか……」

「そりゃあ、お咲を返してもらいてェのは山々ですが、おれにもできることとできねえことがあります」

「じゃあ、お咲を返すって親分がいったらどうする」

丈太郎は公三郎の目を見ながら心をぐらつかせた。どう返事をしたらいいか迷った。視線を宙に彷徨わせながらめまぐるしく考えた。

「今日のうちに、もう一度親分に会うんだ。そうすりゃ、お咲はおめえのもんだ」

おそらく錦次郎は折れて、お咲を返すから万平を殺せというのだろう。そのくらいのことは読める、と丈太郎は胸のうちでつぶやく。それでも心は揺れていた。

「こういうことは早いほうがいい。親分はおまえを待ってる。お咲も同じだ。可愛い恋女房を見殺しにしたくなけりゃ、親分に会うことだ。このままおれたちと戻るのが、おめえにとっては一番いいことなんだぜ」

「………」

丈太郎は空を仰ぎ見たり、足許の地面を見たりして考えた。

「おれたちとは一緒に戻りたくはねえか。だったら、あとで来るんだ。待ってるぜ」

公三郎は丈太郎の肩を、ぽんとたたいて為蔵に顎をしゃくり、そのまま歩き去っていった。丈太郎は拳をぎゅっと、にぎり締めたまま、その二人の背中が見えなくなるまで凝視していた。

四

伝次郎は歩き去った二人の男と丈太郎が、どんなやり取りをしたのか気になった。だからといって、すぐに丈太郎に接近するのは控えた。おそらくあの二人は錦次郎の使いだろう。そうに違いないはずだ。

茶店の葦簀の陰で丈太郎を見張っている伝次郎は、ぬるくなった茶に口をつけた。丈太郎に接近してきたのは、さっきの二人だけで他にはいなかった。そして、伝次郎は日が暮れかかった頃、丈太郎に会った。

丈太郎が自宅長屋に帰ったのを見届けてから訪ねたのだ。丈太郎は伝次郎の教えどおりに、錦次郎に話していた。

「それで錦次郎はどう返事をした？」

「返事というより腹を立てていました。おそらくこのままじゃすまないでしょう」

「その後、変わったことは……」

伝次郎はじっと丈太郎を見てから訊ねた。

「……ありません」

伝次郎はぴくっと片眉を動かした。先刻会った二人のことを、丈太郎が隠したからだった。だが、伝次郎は知らぬふりをした。

「そうか。だが、今日からしばらくは気をつけろ。相手はやくざだ。どんなことを仕掛けてくるかわからん。わかったな」

「へえ、十分気をつけるつもりです」

伝次郎はそのまま丈太郎の長屋を出ると、高砂町の自身番に行った。松田久蔵と中村直吉郎の動きを知りたかったからだ。だが、今日は顔を見せていないと書役がいう。

(すると、まだ調べ物が終わっていないのか……)

久蔵と直吉郎は、酒井彦九郎が関わった事件の口書《くちがき》や吟味方の帳面を調べている。その作業が遅れているのだろうと思った。

自身番をあとにすると、一ツ目之橋に置いている自分の舟にまっすぐ戻った。

夕映えの空が広がっていた。雲は朱に染まっているが、一部は黄金色に見えた。

雲の隙間には、背後にある青い空が垣間見える。竪川はその空からこぼれてくる光を、吸い取るように輝いていた。

伝次郎は竪川を東に向かった。三ツ目之橋のそばに舟をつける。すると、音松がすぐにやってきた。どうやら先に来て待っていたようだ。

「乗れ」

伝次郎は岸辺に立った音松にいった。

「わかりました。花町の錦次郎と本所三笠町の万平は、いがみ合っているようです」

音松は舟に乗り込んでくるなり、説明に入った。

伝次郎は黙って耳を傾ける。

「もとは、この辺は万平の縄張りだったようですが、錦次郎が勢力をつけて万平を押しやっている按配です。当然仲はよくありませんし、子分同士のいざこざは絶えないようです。万平の子分は十四、五人ぐらいですが、錦次郎にはその二、三倍の子分がいます」

「万平のほうが数で劣っているってことか……。それで、いまも縄張り争いみたいなことをしているのか?」

「表だった動きはないようですが、賭場の場所取りや客のことで駆け引きはやっているようです。ときどき、客に化けた手下を互いに送り込んだりもするとかで……。それに、はっきりした証があるわけじゃありませんが、何人かある日、突然消えていなくなっているそうです」

「そりゃどっちの一家だ?」

「両方です。万平一家からひとりいなくなると、しばらくして錦次郎一家の誰かがいなくなるって話です。死体が出ていないので、博徒稼業が嫌になって消えたということですませているようですが……」

「お互いに殺しあいをしてるってことか……」

伝次郎は遠くに視線を投げ、苦み走った顔をした。

(博徒を気取ったそんなやくざは、この世に必要ない)

他人の迷惑を顧みず、己の欲求や享楽を満たすために手段を選ばない外道《げどう》である。

伝次郎がもっとも嫌う人種だ。にわかに伝次郎の中にある義憤が滾《たぎ》ってきた。

「それで旦那、これはいったいどういう調べなんです……」

音松が不思議そうな目を向けてくる。

伝次郎はその視線を外して逡巡した。日の翳りはじめた町には夕靄が漂い、日当たりの悪い場所にはすでに濃い闇があった。

「……おまえだからいうが、しばらく他言無用だ。じつは丈太郎から相談を受けたことがあってな」

伝次郎はそう前置きをして、丈太郎の身の上に起きていることをかいつまんで話した。

「それじゃ丈太郎の身が危ないのでは……」

音松は驚いていた。

「おそらく何か動きがある。それも今夜のうちかもしれねえ。だが、荒療治をするしかなかった」

「丈太郎はいまどこにいるんです？」

音松は不安の色を顔ににじませていた。

「家の近所だろう。だが、また錦次郎の家を訪ねるかもしれねえ」

「錦次郎の家に行ったら、丈太郎は無事には帰れなくなるかもしれませんよ」

「だから、おれはここにいるんだ」

音松は一度河岸道を眺めてから、伝次郎に顔を戻した。

「旦那、だったらあっしもここにいましょう。向こうは数が多いんです。いざとなったら多勢《たぜい》に無勢《ぶぜい》です」

「大勢で動くとは思わぬが……」

「駄目です。あっしは一緒にいます」

音松は目に力を込めて、伝次郎の逞しい腕をつかんだ。助をさせてください、と言葉を足しもした。

長年伝次郎に仕えている音松は、敏感に危険な臭いをかぎ取ったようだ。

伝次郎はそんな音松を見返すと、大きく息を吸って吐き、

「それじゃ、やってもらおうか」

と、折れた。

いつしか河岸道に提灯を持って歩く人の姿が増えてきた。居酒屋や小料理屋には、軒行灯のあかりがある。人がそんな店の前を通るたびに、あかりが遮られ、地面が暗くなり、代わりに人の顔がちらりと垣間見えた。

やはり丈太郎は、河岸道に姿を見せた。昼間と同じ身なりだが、懐には十手の代わりに光り物を吞んでいるはずだ。

「旦那、来ましたよ」

音松も気づいた。

「どうします？　止めますか？」

「いや、待て」

五

丈太郎の背後にぴたりとついている男の影があった。二人だ。

伝次郎と音松は息を止めた顔で、その二人の動きを注視した。丈太郎は三ツ目之橋に差しかかったとき、背後の気配に気づいて振り返った。そのとき、二人の男は丈太郎を挟むように両側についた。

暗いのでよくは見えなかったが、丈太郎は脇腹に刃物を突きつけられたようだ。

丈太郎と二人の男は短くやり取りをして、そのまままっすぐ歩きはじめた。丈太郎は二人の男に挟み込まれたままだ。

「方角は錦次郎の家じゃありませんよ」

音松がそういう。舟を降りかけていた伝次郎は棹をつかんだ。そのまま舟をゆっくり滑らせて、河岸道を歩く三人を尾ける。その三人はまったく、伝次郎の舟に気づく素振りがない。

三人は大横川に架かる北辻橋をわたると、すぐに竪川に架かる新辻橋をわたり、そのまま川沿いの道を東へ向かった。川沿いに町屋があるが、夜商いの店は少ない。

小さな居酒屋らしい店が三軒あるだけだった。そんな店の前を通ったとき、丈太郎のこわばった顔が、軒行灯のあかりに浮かんだ。丈太郎を連行している二人は、いずれも遊び人風情である。

錦次郎の子分だろう、と伝次郎は見当をつけたが、すれ違った女の提げた提灯のあかりに二人の男の顔が浮かびあがった。昼間、丈太郎に会いに来た男たちだった。一度、伝次郎はその二人とすれ違ってもいるので間違えようがない。

伝次郎は静かに舟を滑らせている。川岸の草むらで、虫たちが盛んにすだいている。川風は昼間に比べて、ぐっと冷えてきた。

空には半月が浮かび、雲に見え隠れしている。

「音松、あの二人を始末する」

伝次郎は狩りをする鷹の目になって、丈太郎を連れている二人を見ると、櫓床の隠し戸から刀といっしょに碇綱《いかりつな》を取りだした。

碇綱には、読んで字のごとく碇がついている。猪牙をつなぎ止めるものだからそれ相応の大きさだ。

川沿いの道を歩く三人は、接近する伝次郎の舟にまったく気づいていない。町屋が途切れると、そこから先は人気のない火除地《ひよけち》だ。そして、四ツ目之橋がある。その橋をくぐり抜けたとき、伝次郎は三人の男たちに並んだ。

橋の下から急に舟があらわれたので、三人の男たちが同時に顔を向けてきた。瞬間、伝次郎の投げた碇綱が宙を飛び、ひとりの男の足に絡みついた。

「引けッ」

伝次郎は音松に命じるなり、舟から河岸道に飛びあがった。ひとりの男は碇綱で足を掬われたまま、ぐいぐいと川に引きずられている。

丈太郎に刃物を突きつけていた男が、舟の上から躍りあがった伝次郎の黒い影に仰天して下がった。気を取り直して刃物を構えたが、すでに遅かった。

伝次郎の振り抜いた一刀が、男の刃物をはじき飛ばしていた。さらにつぎの瞬間、伝次郎は男の鳩尾《みぞおち》に、刀の柄頭《つかがしら》をたたき込んでいた。

「うげッ……」

男は奇妙な声を漏らして前のめりに倒れた。

丈太郎はあっという間の出来事に尻餅をついていた。さらに、碇綱に足を取られた男は、川岸で音松に取り押さえられ、縄で身動きできないようにされていた。音松は相手に猿ぐつわを嚙ませるという念の入れようだ。

「丈太郎、落ち着け。おれだ」

伝次郎がそういうと、丈太郎は目をまるくしたまま安堵のため息をついた。駆け寄ってきた音松にも気づいた。

「音松さんも……」

驚く丈太郎には構わず、伝次郎は言葉を重ねた。

「こいつらにどこへ連れて行かれようとしていたんだ?」

「この先の材木蔵です。錦次郎親分がそこで待ってるっていうんで……おれは、そんなところには行きたくない、親分の家で話があるといったんですが、お咲もそこにいるから話をしに行こうと……行ってどういうことになるか、察しはついたんですが、脇腹に刃物を突きつけられちゃ観念するしかなくて……」

丈太郎はいまになって恐怖を覚えたらしく、ぶるっと体を震わせた。

「材木蔵には何人いるんだ？」

丈太郎はわからないと首を振る。伝次郎は気絶させた男を見た。

「そいつは公三郎という、昔の火消し仲間だった男です。いまは錦次郎親分にくっついてる質の悪い野郎です」

伝次郎は丈太郎のそばを離れ、公三郎を背後から支えるように起こして、気を入れてやった。うッ、と小さくうめいて公三郎は意識を取り戻したが、伝次郎はその首に刀を突きつけていた。

「いうことにおとなしく答えるんだ。さもなきゃ、この首が飛ぶことになる」

「な、なんです……」

公三郎は身動きできず目だけをきょろきょろさせたが、背後にいる伝次郎の顔を見ることはできない。

「材木蔵には何人いる？　丈太郎を連れて行こうとしたところだ。嘘は通用しねえ。生きていたけりゃ、正直にいうことだ」

公三郎は生唾を、音をさせて呑み込んだ。

「親分と、子分は五、六人です。ほんとうです。大勢はいらないんで、それで間に合うってことなんです」

「お咲もいるんだな」

「へえ、います」

公三郎が答えたとたん、伝次郎は首に腕を巻きつけて、強く絞めた。公三郎は再び意識を失い、ぐたりと地面に横たわった。

「音松、この二人をどこかその辺に縛りつけておけ。猿ぐつわもしっかりと嚙ませろ。丈太郎、おまえも手伝うんだ」

「へえ」

「おれは材木蔵の様子を見て、すぐに戻ってくる。ここを離れるな」

伝次郎はそういって材木蔵に足を向けた。

六

材木蔵、ここは幕府の貯木場である。正しくは猿江《さるえ》御材木蔵という。毛利《もうり》新田の中にあり、北は竪川沿いの火除明地で東側は南十間川だ。さらに材木蔵の周囲は、水路で囲まれている〔現在の猿江恩賜《おんし》公園（江東区）である〕。

北側の門脇には「御用なき輩一切出入りすべからざる事」という高札《こうさつ》がある。しかし、監視の役人がいないので、出入りはわりと自由にできた。

伝次郎は出入口になっている木戸門に目を凝らし、人の姿がないことをたしかめて夜陰にまぎれて侵入した。

伐《き》り出されて搬入された松や杉などの大木が、規則正しく積み上げてある。軽く三万坪は超える敷地内に、そのような材木が積まれていて、縦横に走っている通路は、まるで迷路のようだ。

伝次郎は足音を忍ばせ、息を殺し、材木の山に身を隠しながら奥へ向かっていった。

と、声が聞こえてきて、あかりが見えた。

提灯を周囲に置き、松明《たいまつ》が焚《た》かれていた。そこの空間だけ、ひときわあかるいが、人の声同様にあかりが外部に漏れる心配は一切ない。

錦次郎とおぼしき男と、長脇差を腰に差している五人の男がいた。そして、手拭いで猿ぐつわを嚙まされ、後ろ手に縛られた女がいた。

お咲のようだ。髪が乱れ、着物も半分はだけていた。手を縛っている縄は、背後の材木にまわされた縄と繫がっていて、逃げられないようになっている。

伝次郎は男たちが他にもいないか用心深く探ったが、いないようだ。このままひとりで片づけてしまおうかと思ったが、人質の恰好になっているお咲の存在がある。お咲を安全に救出するには、男たちの注意を別のほうに向けなければならない。

伝次郎は音松の手を借りるために引き返して、竪川沿いの道に戻った。

「どうです？」

真っ先に音松が声をかけてきた。丈太郎も気が気でない顔を向けてくる。公三郎と為蔵は、近くの雑木林に縛りつけられているので姿がなかった。

伝次郎は材木蔵で見たことをそのまま話して、言葉をついだ。

「お咲を助けるには、一工夫しなければならねえ。丈太郎、おまえにも手伝ってもらうが、錦次郎らの相手はおれたちにまかせて、おまえは隙を見て女房のお咲を救い出すんだ」

「はい」

丈太郎は緊張した顔で返事をした。

伝次郎は再び材木蔵に引き返した。その間に、音松と丈太郎と簡単な打ち合わせをした。もちろん、それは伝次郎の一方的な作戦である。

「おれの考えどおりにいかなくても、何としてでもお咲は助けだす。それが一番の目的だ。わかったな」

二人は同時に返事をした。

材木蔵に入った。

雲が半月を遮り暗くなったが、すでに伝次郎は夜目《よめ》が利くようになっていた。

「あそこだ」

伝次郎は材木の陰に隠れて、音松と丈太郎に教えた。

積まれた材木の山と山の間に、ぽっかり開けた空間がある。そこだけが松明の火であかるくなっている。錦次郎のそばには提灯も置かれている。

「そろそろ来てもよさそうですがねえ」

痺れを切らしたように、錦次郎のそばにいる子分がいった。

「様子を見てきましょうか」

別の子分がいうと、錦次郎がすぐに答えた。

「おれも待つのは苦手だ。ちょいと見てこい」

「それじゃひとっ走りしてきやしょう」

その子分が駆けだそうとしたとき、丈太郎と音松が材木の陰から出て、錦次郎たちに姿を見せた。

「おっ」

駆けだそうとした子分が足を止めて、錦次郎を振り返った。

「丈太郎、待っていたぜ。それにしても待たせやがる野郎だ」

錦次郎が丈太郎に声をかけた。お互いの距離は二十間ほどだろうか。あかりが届かないので、丈太郎と音松の顔は黒いはずだ。

「為蔵、公三郎はどうした。おまえひとりで丈太郎を連れてきたのか?」

錦次郎は音松を、為蔵と勘違いしている。体つきが似ているせいだろう。

「へえ」

音松は相手に悟られないように返事をした。その声に丈太郎が言葉を被せた。

「錦次郎親分、どうでもいいですが、お咲は返してもらいますぜ」

「おお、上等だ。返してもらいたきゃ、勝手に連れて帰るがいい。だが、そううまくいくかな。まあ、おめえが万平を殺るっていうんなら、考えてもいいさ。どうでもいいが、そんなとこに突っ立ってねえで、こっちに来やがれ。為蔵、そいつを連れてこい」

音松を為蔵と思い込んでいる錦次郎は、苛立った声をあげた。

「話があるなら、あんたのほうから来るんだ」

「なんだと。おい為蔵、何してやがる。そいつを連れてこねえかッ!」

「親分、あの野郎、為蔵じゃないですぜ」

やり取りをしている間に近づいてきた子分がいった。

何だと、と錦次郎が驚きの声を漏らす。そこまでは伝次郎の筋書きにほぼ近かったが、直後、大きな狂いが生じた。

音松と丈太郎に縛りつけられていたはずの、公三郎と為蔵が背後からあらわれたのだ。

「親分、こいつらおれたちを嵌めるつもりですぜ！」

公三郎はそう叫ぶなり、手にしていた長脇差で音松に斬りかかっていった。為蔵も丈太郎に向かっていった。

伝次郎は錦次郎たちの背後にまわり込むために動いていたが、それができなくなった。慌てて引き返すと、丈太郎に斬りかかっている為蔵の前に飛びだし、振りまわされる長脇差をすりあげた。

「丈太郎、下がってろ。お咲を救うんだ」

伝次郎は指図をするなり、為蔵に突きを送り込んだ。うまくかわされた。寸胴な体のわりには敏捷な男だ。

しかし、どうやって縛《いまし》めをほどいてきたのだ。疑問はあるが、それを考えている暇はなかった。

為蔵は伝次郎の太刀筋をかわそうというのか、ゆっくり左にまわりはじめた。その眼光はおぞましいほど冷たく、背筋に寒気を走らせるほどだった。右顎にある古傷が引き攣れ、奇妙にねじれていた。

為蔵が下から斬りあげてきた。伝次郎は半歩下がってかわすなり、為蔵の片腕を斬り飛ばした。

「うがーッ！」

痛みに悲鳴をあげたが、それはごく短かった。伝次郎が容赦なく、脇腹を斬り抜いたからである。為蔵はそのまま地に倒れ、苦しそうに体をのたくらせた。

伝次郎はそれには構わず、音松と斬り結んでいた公三郎の肩を刎《は》ねるように斬った。

ピッと血飛沫が飛び、公三郎が片膝をついた。刹那《せつな》、音松が十手代わりの棍棒を公三郎の後ろ首にたたきつけた。強烈な一撃は、おそらく首の骨を折ったはずだ。

公三郎は前のめりに倒れ動かなくなった。

錦次郎の子分たちが、長脇差で撃ちかかってきたのは、その直後だった。伝次郎は右から撃ち込まれてくる長脇差をすり上げ、返す刀で相手の太股を斬りつけた。

斬られた男は絶叫を上げて地面を転げまわった。

伝次郎はそれをたしかめもせず、音松に斬りかかっていた男の前に飛びだすなり、相手の土手っ腹に刀を刺し入れ、素早く抜いて左へまわり込んだ。

腹を刺された男は、大量の血を垂れ流し、信じられないというように目を剝き、どさりと倒れた。その勢いで舞いあがった土埃が、松明のあかりに浮かびあがった。

「音松、あとはおれにまかせろ。丈太郎の助に行けッ」

伝次郎はそう命じながら、横合いから斬りかかってきた男の脇腹を斬り裂き、素早く背後にまわり込んで、その背に一太刀浴びせた。

「おりゃ！」

松明の篝火《かがりび》のそばで大きな気合いの声がした。音松だった。

お咲を抱き留めている丈太郎を庇《かば》うように、ひとりの男の前に立っていた。手にしているのは棍棒ではなく、斬られた男から奪い取った長脇差だった。

伝次郎は助太刀に行こうとしたが、錦次郎の子分が目の前に立ち塞がった。だが、へっぴり腰で、すでに臆病風を吹かしている。

「てめえら、こんなことして無事にすむと思ってんじゃねえんだろうな」

強がりをいうその声まで震えている始末だ。

伝次郎は刀をだらりと下げて、足を進めた。

すでに怖《お》じけている男はすすっと下がる。

伝次郎がもう一歩踏み出すと、男は三歩下がった。

「来るんじゃねえ、来るんじゃねえ」

伝次郎は構わずに詰め寄った。男は「ひぇー」と情けない声を漏らしながらも、刀を振りあげたが、そこまでだった。

逆袈裟に斬りあげた伝次郎の一刀で、胸を断ち斬られて倒れた。

すでに、六人の死体が材木蔵に転がっている。風が松明の炎を揺らし、伝次郎の乱れた髪をさらに乱した。

「外道、そこまでだ」

伝次郎の声に錦次郎と、そばにいる子分が振り返った。

「てめえら、いったいどこのどいつだ。まさか万平一家の用心棒じゃあるめえな」

錦次郎の目は松明の篝火を映し、赤く燃えているように見えた。その目が伝次郎を鋭くにらむ。さすが一家を構える博徒の親分だけあって、度胸は据わっているようだ。

だが、伝次郎はそういった凶悪犯と、何度も渡りあってきた男である。どんな強い目でにらまれようが、一顧だにしない。

「人の女房を盾に取り、殺しの依頼をするとは、さすが外道のやることだ。そういう知恵がはたらくんだったら、もっとよい人生を送れたろうに」

「何をッ……」

「欲の皮が突っ張りすぎたようだな、錦次郎。てめえの思いが叶わなくなったとわかり、丈太郎の口を封じようと考えたのだろうが、世の中そううまくはいかねえ」

「いってえてめえは誰だ……」

「冥土へ案内する船頭、とでもいっておこう」

伝次郎は静かに答えた。

「なにィ」

錦次郎は長脇差を青眼に構え、そばにいる子分に目配せする。子分の長脇差も伝次郎に向けられた。

「おれにしては喋りすぎたようだ。錦次郎、年貢の納め時」

伝次郎はそういうなり、右足を一歩踏み込みながら錦次郎の刀を左へ打ち払い様に、肩口に斬り込んでいた。

刀は首の頸動脈をも切断して、勢いよく血が噴出した。

そのとき、伝次郎は左足を軸に回転し、錦次郎のそばにいた子分の太股を突き刺し、素早く引き抜いた刀で、脇腹を斬って残心を取っていた。

それはまさに電光石火の早業だった。

あたりには錦次郎とその子分たちの屍《しかばね》が転がっていた。焚かれている松明の篝火が、その屍を照らしていた。

丈太郎とお咲は抱きあって、その状況を見ていた。お咲が声もなく震えていれば、丈太郎は恐怖と安堵の入り交じった顔をしていた。

「丈太郎、今夜のことはおまえの胸にしっかりたたみ込んでおくんだ」

伝次郎は口止めをしてから、お咲を眺めた。

「お咲、おまえもそうだ。これからは仲良く暮らすのだ」

「……はい」

お咲は震え声を漏らして、うなずいた。

そのとき、松明がパチパチッと音を立てて爆ぜ、小さな火の粉が風に舞った。

七

二日後の午後、伝次郎は六間堀に架かる中之橋のそばに舟をつけ、櫓床に腰をおろして煙草を喫んでいた。

空にはすっかり秋めいた筋状の雲が浮かんでいる。すぐそばに船大工・小平次の作業場があり、脇の路地に青葉を茂らせた柿の木があった。実は大きくなっているが、まだ青いままだった。

「旦那……」

声をかけて河岸道から音松がやってきた。

伝次郎は舟縁に煙管を打ちつけ、吸い口を拭って煙草入れに仕舞った。

「わかりました」

音松は小太りの体を揺らしながら舟に乗り込んできた。まるい顔に浮かぶ汗を拭ってつづけた。

「材木蔵の死体が見つかったのは、昨日の夕方だったといいます。すぐに届けが出されたようですが、何もわからずじまいです。公儀目付は調べを御番所に譲りましたが、本所方の広瀬《ひろせ》の旦那は、やくざ同士の喧嘩だろうって見当をつけているだけです」

本所方の広瀬というのは、本所見廻り同心の広瀬小一郎《こいちろう》のことで、伝次郎とも面識がある。

「詳しい調べは……」

「あの様子じゃやってませんね。それに調べたところで、これだという証は出てこないでしょう」

確かにそうだった。伝次郎の画策で、花町の錦次郎は潰れたのだが、その種をまいたのは錦次郎本人であるし、町のダニがいなくなって迷惑をするものは誰もいない。

「気になるのは錦次郎の手下の動きだ。子分は錦次郎がお咲を預かっていたのを知っている。それをどう考えるかだ」

伝次郎はすっと、川の水を掬って濡れた手を振った。

「そのことですが、錦次郎の女房がいるんです」

「……」

「おかってんですがね、お咲を預かっていたのを相当嫌がっていたそうで、亭主が死んだことはともかく、お咲がいなくなったことを、厄介払いができてよかったと喜んでるそうなんです。ってことは、もうお咲には関わらないということでしょう」

「おかつにはそれ相応の力があるということか」

「啖呵《たんか》を切る姐ご肌だといいやすから、残ってる子分も勝手なことはできないでしょう」

「それじゃ、そっちのことでおれたちがこれ以上気を揉むことはない。そういうことか」

伝次郎は盛んに汗を拭う音松を見る。

「そういうことでしょう。それから、おれと丈太郎が縛りつけていた公三郎と為蔵が、どうやって縛めをほどいたかってのがわかりました。何のことはない、為蔵の野郎、馬鹿力出して縛っていた木を折っていたんです。丈太郎がまた弱そうな木に縛ったのも災いでしたが……」

「まあ、やれやれだな」

伝次郎が苦笑いをすると、音松が河岸道を見あげて、

「噂をすれば何とやらです」

と、まるい顔に笑みを浮かべた。丈太郎がやってきたのだ。息を切らしているので急いで来たらしい。

「何かあったか？」

「はい、松田の旦那がこれから先のことで相談があるそうなんです。体があいてるなら来てくれないかってことなんですが……」

「どこへ行けばいい？」

「高砂町の番屋です」

「中村さんも一緒か？」

「はい、一緒です。どうします？」

「これから行こう」

「それじゃ先に戻ってそう伝えておきます」

「待て待て、おれの舟で行こう。急いで戻っても大して変わらないはずだ。乗り

な」

丈太郎は少し迷ってから、それじゃお願いしますといって、舟に乗り込んできた。

伝次郎はすぐに舟を出した。六間堀から小名木川に出、万年橋をくぐり抜けると、そのまま大川を斜めにわたりはじめた。

川の流れは穏やかで、あかるい日射しを弾いている。

大川端の草むらから一斉に飛び立つ鳥の姿があった。鴫《しぎ》の群れだ。伝次郎の舟の上を羽音を立てながら深川のほうに去った。

見送って目を転じれば、中洲の棒杭に一羽の川蟬《かわせみ》が止まっていた。橙《だいだい》色の胸、水色の体の背に翡翠《ひすい》色の筋が入っている。長い嘴《くちばし》を持つ頭を、キョロキョロ動かしながら餌を探している。

伝次郎はゆっくり棹を操って、舟の舳先を浜町堀へ向けた。

松田久蔵と中村直吉郎は、入念な探索計画を立てていると思われる。伝次郎は早くそれを知りたいと思った。酒井彦九郎殺しの下手人は、絶対に逃がしてはならないのだ。

伝次郎は口を一文字に引き結び、川底に棹を突き立てた。

光文社文庫

文庫書下ろし／長編時代小説
浜《はま》町《ちよう》堀《ぼり》異《い》変《へん》　剣《けん》客《きやく》船《せん》頭《どう》(十)
著者　稲《いな》葉《ば》　稔《みのる》

2014年9月20日　初版1刷発行

発行者　鈴木広和
印　刷　堀内印刷
製　本　榎本製本

発行所　株式会社　光文社
〒112-8011　東京都文京区音羽1-16-6
電話（03）5395-8149　編集部
8116　書籍販売部
8125　業務部

ISBN978-4-334-76806-5　Printed in Japan

組版　萩原印刷

お願い　光文社文庫をお読みになって、いかがでございましたか。「読後の感想」を編集部あてに、ぜひお送りください。

このほか光文社文庫では、どんな本をお読みになりましたか。これから、どういう本をご希望ですか。どの本も、誤植がないようつとめていますが、もしお気づきの点がございましたら、お教えください。ご職業、ご年齢などもお書きそえいただければ幸いです。当社の規定により本来の目的以外に使用せず、大切に扱わせていただきます。

光文社文庫編集部